日帰り異世界、『くまねこ亭』にようこそ！

目次

日帰り異世界、くまねこ亭にようこそ!

第一章　はじめましてのてりやきハンバーグ

いったい、何が起こったの⁉

こ、ここはどこ⁉　私、お店に——『くまねこ亭』にいたはずなのに！

慌てて周りを見回すも、目に映るものはどれもこれもまったく見覚えのないどころか、何がどうなってそうなっているのかがほとんど理解できない摩訶不思議《まかふしぎ》なものばかりだ。

「…………」

ま、待って……。落ち着いて。もう一度よく思い出してみよう。

きょ、今日も、いつもどおりにくまねこ亭の営業を終えた。それは間違いない。そう、そして一息ついた時、目の前に突然不思議な光の玉が現れたんだった。

なんだろうと首を捻ると同時に、それは目を開けていられないほど強く輝いて——私はそのまま閃光《せんこう》に呑み込まれた。そこまではははっきりと覚えてる。

それで？　くまねこ亭から出た覚えなんてないのに——なんでこんなわけのわからないところにいるの⁉　そもそも、ここはいったいどこなのよ⁉

あまりにもわけがわからず呆然とへたり込む私に、見たこともないほど綺麗な男の人がひどく満足げに微笑んだ。

「歓迎する。異世界の客人」

◇＊◇

ランチ時は、戦場だ。

「日替わり四つ、上がったよ！　五番テーブルさん！」

「はい！」

わいわいと賑《にぎ》やかな店内。厨房から響いたよく通る声に、負けじと元気よく返事をする。

「ありがとうございました！　またお待ちしております！」

会計を終えて、「美味しかったよ～」と出てゆくお客さまの背中に深々と頭を下げて、足早に厨房に戻る。

四つ並んだ黒い角盆の上には、メインの料理と今日の小鉢が二つ――今日はひじき煮と白和《しらあ》えだ。そしてお味噌汁《みそしる》とお漬《つ》けもの、お茶碗にこんもりと盛られた艶《つや》めく白いご飯《はん》。

不備がないかをもう一度しっかりと確認して、それを急いでお客さまのもとへと運ぶ。

「お待たせいたしました！　本日の日替わり定食の自家製ハンバーグでございます！」

くまねこ亭は、いわゆる定食屋だ。そのため、デミグラスハンバーグと一口に言っても、洋食屋のそれとは趣《おもむき》が違う。

お皿には、新鮮な生野菜とポテトサラダ。ゴツゴツした武骨な俵型のハンバーグが二つ。その上にたっぷりとかけられたデミグラスソースが、艶《なま》めかしくお客さまを誘う。

「おお！」

ふわりと立つ白い湯気《ゆげ》までが美味《おい》しそうな、くまねこ亭自慢のハンバーグ。それを目の前にして、お客さまの顔がパァッと一気に華やぐ。

「ごゆっくりどうぞ」

深々と頭を下げてから、急いで厨房に戻る。

「次、から揚げ定食、六番カウンターさんと一番カウンターさん、上がったよ！」

「はい！」

千切《せんぎ》りキャベツとともに盛られたから揚げは、衣の中でまだ肉汁が躍っているのだろう。じゅわじゅわと美味しそうな音を立てている。

「樹梨《じゅり》さん！　三番カウンター、七番テーブル、セット完了です！」

「日替わり、九番カウンターさんもあと五秒！　四番テーブルもすぐ！」

「はい！」

飛び交う声に返事をしながら、から揚げ定食もお客さまのもとへ。

そのまま急いで出入り口へと向かう。素早く扉を開けると——カランカランと鳴るドアベルの音に誘われるように、店の外で待ってくださっているお客さまがこちらを見る。

——よし！　待機列もあと少し！

オフィスビルが立ち並ぶ一角という立地上、『くまねこ亭』は土曜日と日曜日が定休日。週末の間にくまねこ亭の味に飢えてくださるのか——また一週間頑張る鋭気《えいき》を養うためなのか、仕事はじめの月曜日の昼食にうちの店を選んでくださる常連さんが多い。

そのうえ、月曜日の日替わりメニューである自家製ハンバーグは、先々代《せんせんだい》のころからの一番の人気メニュー。

そのため、月曜日の待機列はほかの曜日の比ではないのだけれど——よかった。今日もトラブルなく、いらしてくださったお客さま全員に食事を楽しんでいただけそう！

「一名さままでお待ちのタナカさま、四名さままでお待ちのタカハシさま、たいへんお待たせいたしました！」

大きな声で呼びかけをして——私は先頭に立っていたスーツ姿の男性ににっこりと笑いかけた。

「田中さん、いつもありがとうございます！」

「やあ、樹梨ちゃん、今日も大繁盛《だいはんじょう》だねぇ！」

田中さんは父の同級生で、もちろん父が店主を務めていた代からの常連さんだ。

「もう、康《こう》くんの時代よりもお客さん増えてるんじゃない？」

「今日は月曜日なので、そう見えるだけですよ」

カウンター席へとご案内して、ほかほかのおしぼりを差し出す。

「いやいや、天国の康ちゃんも『息子たちは立派に俺を超えた』って言うよ」

「そうでしょうか？」

「康ちゃんが急に逝っちゃって……もう八年？　九年か。立派にお店立て直したよねぇ。樹梨ちゃんもすごいけど、一青《いっせい》くんの頑張りには脱帽《だつぼう》するしかないよ。大学進学諦めて、ほとんど料理なんてしたことなかったっていうのに、この『くまねこ亭』を継いでさぁ」

田中さんがおしぼりで顔を拭きながらそう言って、お冷《ひ》やを一気飲みする。

「何年も、『これはくまねこ亭の……康ちゃんの味じゃない』って言われて、離れていく常連の背中を見送って……だけど諦めずにくまねこ亭の味を追求して、頑張って、頑張って、ひたすら頑張って常連をまた一人、また一人って呼び戻してさ。自分は大学を諦めたのに、樹梨ちゃんは大学に行かせて」

田中さんが厨房に立つシェフ——お兄ちゃんの後ろ姿を見つめて、その目を細める。

「樹梨ちゃんは樹梨ちゃんで、大学で経営をしっかり学んでさ、本当にすごいよねぇ！　俺ぁ、もうすっかり二人のファンになっちゃってるからね！　俺のなけなしの昼飯代は、絶対にこの店に使うって決めてんだ。日替わり一つ、ご飯は大盛りね！」

田中さんが私を見上げてニカッと笑う。

私も微笑んで、「かしこまりました」と頭を下げた。

そのまま素早く伝票に書き留め、厨房へオーダー。

「三番カウンター、日替わり一、ご飯大盛りで！」

「はいよ！」

奥から活気のある返事が聞こえると同時に、四名さまを案内していた奈々《なな》ちゃんからも注文が入る。

「七番テーブル、日替わり四、ご飯一つ大盛りで！」

「はいよ！　あ、樹梨！　お客さま、あとどれぐらい？」

すでに成型済みの肉ダネを再度手の中で軽くキャッチボールさせながら、お兄ちゃんがこちらを振り返る。

「今のところ、四組十一名さまだよ」

「ごめん。日替わり、ラスト五になった」

「えっ⁉　もう⁉」

思わず壁の時計を見上げる。——早い。十三時前なのに。オーダーストップまで、まだ一時間以上もある。

「念のため訊くけど、仕込み数が少なかったってことはないよね？」

「もちろん、それはない。むしろ、先週も十三時台になくなったから増やしたぐらい」

「そっか。たしかにすごく忙しかったもんね」

今の今まで、息つく暇《ひま》もなかったぐらいだし。

「そう。今日はお客さまの数も多いし、いつにも増して日替わりに注文が集中してるんだ。ラスト五、終わったら日替わり以外のメニューで対応頼む」

「はい！」

「いち早く出るのは、カレー、生姜焼《しょうがや》き定食、鯖《さば》の味噌煮定食の三つ。とくに鯖味噌は、今日はなぜかまだ一つも出てないから、よかったらおすすめして」

じっくり煮込んだトロットロの鯖の味噌煮定食も祖父の代からの人気メニューだ。

頷いたタイミングで、四番、五番、八番カウンターのお客さまたちが一斉に立ち上がる。

続いて、一番、二番テーブルも。

「ありがとうございました！」

すぐさまレジに行き、お会計をしてお客さまのお見送りをする。

その間に、奈々ちゃんが素早く片づけとテーブルセッティングをしてくれる。

「一番、二番テーブル、四番、五番、八番カウンター、セット完了です！」

「はい！」

私は扉を開け、お待ちくださっているお客さまを心からの笑顔で出迎えた。

「たいへんお待たせいたしました！」

◇＊◇

「ありがとうございました！」

深々と頭を下げて、最後のお客さまをお見送りする。

すでに時刻は二十時を過ぎ、すでに夜の帳《とばり》が世界を覆っている。

私は看板をしまい、扉に『ＣＬＯＳＥＤ《クローズド》』の札を掛けて、しっかりと施錠《せじょう》した。

「あー……今日も疲れたなぁ～……。お兄ちゃん、お腹空《す》いた～！」

もちろん、まだまだ全然片づけは終わっていないし、明日の仕込みだってある。

でも、まずは何かお腹に入れないと、それらをする気になれない。

「今日の賄いはなぁに？」

カウンターに座ると、厨房で出たゴミをまとめながら、お兄ちゃんが上を仰《あお》ぐ。

「えーっと、ご飯がちょうど売り切れたから、冷凍ご飯を使ったリゾットにしようかな。海老《えび》とイカが少し余ってるのとトマトソースがたくさんあるから、魚介のトマトクリームリゾット」

「おぉっ！　やったぁ！　チーズもたっぷりかけて！」

「はいはい。ちょっと待ってな？」

勝手口を開け、まとめたゴミを外のポリバケツに入れて、お兄ちゃんがこちらを見る。

「今日の夜営業は、豚汁《とんじる》があまり出なかったな。明日の朝食用に持って帰る？」

「うーん……。汁物を持って帰るのは面倒臭いんだよねぇ。少し早く来て、ここで朝食を食べちゃ駄目？」

「僕は構わないけど？　起きられるのか？　いつもギリギリまで寝てるくせに」

「う……頑張る」

朝だけは、どうにも弱いんだよねぇ。

小さくため息をつく私に、お兄ちゃんはクスっと笑う。そして、手をしっかりと洗って、包丁を握る。トントンと小気味のいい音を立てて玉ねぎを刻みはじめたお兄ちゃんの後ろ姿に、ふと田中さんがお昼に言っていたことを思い出す。

「そうだ、お兄ちゃん。ランチの時に、田中さんがね？」

大好きなその背中に話しかけた——その時だった。

「え……？」

唐突に、目の前に赤く光るものが現れる。

重力を無視して浮かぶ——発光する玉のような何かにポカンと口を開けた途端、それが目を開けていられないほど強く輝く。

「ッ……なっ……⁉」

「うわっ⁉　なんだ⁉　この光……」

思わず立ち上がって両腕で顔を庇った瞬間、お兄ちゃんの叫び声が聞こえる。

目を瞑って、腕で覆っていてもまだ眩しい。

すさまじい光が、私たちを呑み込む。

「樹梨……！」

ガチャンと何かを落としたような音とともに、私を呼ぶ声がする。

だけどその瞬間、一切の音が途切れる。お兄ちゃんの声も、空調や冷蔵庫の動作音も、何も聞こえない。まったくの無音――。

ハッと息を呑んだ瞬間、これまた唐突に、目蓋《まぶた》の向こうが暗くなる。

続いて、世界に――なんだか聞き慣れない音が戻り、ほぼ同時に「よし！　成功だ！さすがは俺！」というまったく聞き覚えのない声がする。

え？　誰の声？

っていうか、今の何？

もう光は治まったの？

私は頭の中をハテナマークでいっぱいにしながら、おそるおそる目を開けた。

「――ッ⁉　ええっ⁉」

目の前に広がった――映画やアニメで見るようなファンタジーな世界に唖然とする。

それは、まるで魔女の部屋。

空中に、色とりどりのランプがフワフワと浮遊《ふゆう》している。

飛んでいるのはそれだけじゃない。鉱石が入ったフラスコ、さまざまな色の光る液体に満たされた試験管たち。

空中に舞うたくさんの羊皮紙《ようひし》にはそれぞれ羽ペンが走り、何枚も同時進行で書き取り中。読めない文字で埋め尽くされたものは、勝手にアンティークのライティングテーブルへと向かう。

その上には真鍮製《しんちゅうせい》の天球儀《てんきゅうぎ》に、いくつも開かれている図鑑のようなもの、それとは別に積み上げられた本、たくさんのインク壺にこれまたたくさんのガラスペン。さらに多くの鉱物に、クラシカルな燭台《しょくだい》、くすんだ銀器たち、革袋に入った外国のコインなどまで。

壁三面を埋め尽くす重厚な本棚には、皮の表紙の古めかしい本がズラリと並んでいて、ところどころに瓶詰めのハーブや何かよくわからない標本の類なども置かれている。

暖炉《だんろ》では、火にかけられた大鍋が赤・青・緑・黄色・ピンク・紫と色とりどりの湯気を上げていて、石造りの床には、複雑な数式とまるで魔法陣のような模様が描かれていて、火が灯った蝋燭《ろうそく》がカサカサと走り回っている。

「な、何……？　ここ……」

「ここか？　ここは、俺の師匠《ししょう》の家だ」

呆然としたまま呟いた独り言に、思いがけず背後から答えが返って来て仰天《ぎょうてん》する。

私は叫び声を上げ、慌てて後ろを振り返った。

「ッ……！」

そのまま、ポカンと呆《ほう》けてしまう。

見たこともないほど綺麗な男の人が、そこに立っていたから。

年齢は、私と同じ二十三歳ぐらいか、もう少し下だと思う。

少しクセのある、輝かんばかりに美しいプラチナブロンド。太陽を思わせる金色の瞳は力強く、だけど華やかで、見る者を一瞬にして虜《とりこ》にする。

凛々しく引き締まった頬にまっすぐ通った鼻筋、薄く形のよい唇。スラリとした長身で、細身でありながらも男らしく精悍な体躯。

「………」

その一分の隙もない抜群のスタイルと魔性の美貌――そして纏っている独特の雰囲気は、仕立てのよさそうなシンプルなシャツにパンツというとてもラフな格好をしているのに、まるで一国の皇子さまを前にした時のように見る者を傅《かしず》かせてしまう。

言葉もなくただ呆然としていると、男の人がフッと唇を綻《ほころ》ばせた。

「歓迎する。異世界の客人」

「い、異世界……？　なんのことですか？　あの、私……お店にいたはずで……」

「店？」

「あの……はい。兄とともに、飲食店をやっていて……」

素直に頷いてしまってから、ハッとして口を噤《つぐ》む。——いけない。得体《えたい》のしれない人に自分のことをあれこれと話すのは危険だ。

「あ、あの、ここはどこですか？　あなたは……」

「ここか？　ここはイリュリア王国だ。もう少し詳しく説明するなら、王都から北に馬で一日半ほどのところにあるガリア山だな」

「…………」

見事なほどまったくわからない。

え？　でも、話しているのは日本語だよね？

「え、ええと……？」

「俺はエレンだ。魔法使いの弟子をやっている」

「ま……？」

魔法使い？

何を馬鹿なことを言ってるのと怒ることもできずにただ黙ってしまったのは、今まさに目の前で『あり得るはずのないこと』が次々と起きているからだと思う。

ゆらゆらと浮遊するランプやフラスコたち。

羽ペンの自動筆記で何やらビッシリと書きつけられた羊皮紙たちが飛び交い、床の上を蝋燭たちが不規則に走り回る。

そもそも、私は店にいたのだ。赤い光とともに一瞬にしてこのわけのわからない場所に移動したってだけでも、充分に『あり得るはずのないこと』だ。

でも――異世界!?　異世界って言った!?

さすがにそれは、すぐには受け入れられない。信じられない。

どう反応していいかもわからず馬鹿みたいにボケーッとしていると、エレンと名乗った男の人の後ろで、重たそうな木のドアがギィッと開いた。

「何かものすごい音がしましたが……殿《でん》……」

入って来たのは――これぞ魔法使いといったいでたちの老人だった。

背中を覆う真っ白い髪に、下腹部まで届くたっぷりとした真っ白な髭《ひげ》。しわに埋もれた眼光鋭い目にはキラリと光る片眼鏡《モノクル》。そして、纏っているのはゆったりとした黒いローブ。

その魔法使いのようなおじいさんは、部屋のど真ん中に座り込んでいる私を見るなり、ギョッとした様子で目をかっ開く。

そのまま、冷水を浴びせられたかのように一気に青ざめた。

「な、な……!?　まままままさか!?　で、殿……!?」

「エレンだ」

エレンがやれやれとため息をつきながら、ぴしゃりと言う。

「エ、エ、エ、エレン！　こ、こ、これは、まままさか、い、い、異世界召喚《しょうかん》を!?」

「そのまさかだ。見ろ、師匠。やはり俺は天才だ。一発で成功させたぞ」

「ッ……！」

誇らしげなその言葉に、おじいさんはさらに蒼白《そうはく》になって震え出す。

その尋常じゃない様子に少し心配になって、思わず腰を浮かせた——その瞬間だった。

おじいさんが老人とは思えない俊敏な動きで駆け寄って来て、私の前に身を投げ出す。

その見事としか言いようのないスライディング土下座《どげざ》に、今度は私がギョッとする番。

「も、も、も、申し訳ありませんでしたあぁぁぁっ！」

「え、ええええっ!?」

な、何!?　本当に、いったい何が起こっているの!?

「あ、あの……」

「ほ、本当に！　まことに！　平《ひら》に、平に、ご容赦いただきたく！」

「あの、ええと……」

「ゆ、許されないことです！　か、か、勝手に異世界から召喚しただけでは飽き足らず、ざ、ざ、罪人にしてしまうなど！」

「え……？」

罪人──⁉

おじいさんの口から飛び出したとんでもない言葉に、思わず立ち上がる。

「な、なんですか⁉　ざ、罪人⁉　私がどんな罪を犯《おか》したって言うんですか⁉」

私の剣幕に、おじいさんがビクッと肩を震わせ、さらに床に額を擦りつける。

「もももも申し訳ありませんっ！　こ、この国の法では、召喚したほうも、されたほうも等しく咎人《とがにん》となりますので……！」

「そんな馬鹿な話あります⁉」

飲酒運転のようなことだったらわかるよ⁉　運転者同様、同乗者も罪に問われるのは。法を犯しているのを知りながら、見て見ぬふりしていたわけだから。

でも、召喚されるのなんて事前に知りようがないし、防《ふせ》ぎようもないじゃない。

私は、完全に被害者なのに。

「それなのに、罪になるなんて……」

「も、も、申し訳ありません！　な、なんとお詫《わ》びすれば……！」

「──心配するな。バレなきゃ大丈夫だ」

今にも泣き出しそうなおじいさんとは対照的に、元凶であるはずの人間がどうしてだかまったく悪びれる様子もなく、笑顔で言う。──いや、笑いごとじゃないから。

私はムッとして眉をひそめた。

「そういう考え方は嫌いです」

「そうは言っても、お前はもとの世界に戻った時点で、罪には問われなくなるんだぞ？　この国の法律は、あくまでこの国にいる者に適用されるんだから」

その思いがけない言葉に、私はポカンとしてエレンを見つめた。

「え……？」

「たった数時間、ここにいるだけなんだ。気にするだけ無駄だと思わないか。繰り返すが、バレなきゃ大丈夫だ。お前はな」

「たっ……!?」

たった数時間!?

「え……？　わ、私、これからここで暮らすんじゃないんですか？」

「は？」

首を傾《かし》げてそう言うと、エレンが目を丸くする。

「俺と暮らしたいのか？　まぁ、この美貌だからな。そう言いたくなる気持ちもわかる。一目惚れされることなんて日常茶飯事だ。でも……」

「そ、そうじゃありません！」

じ、自分で言う!?　そういうこと！

「そうじゃなくて、い、異世界に召喚されたら、そこで暮らすものじゃないんですか？」

「まさか！　召喚しっぱなしなんてことはしない。さすがにそれは非人道的過ぎだろう」

「じゃ、じゃあ、私、もとの世界に帰れるんですね？」

「むしろ、なぜ帰れないと思った」

そ、それは、アニメや映画、小説ではそういった展開が多いから。還る方法がないから、常識も文化も何もかもが異なる世界に必死に順応しつつ、さまざまな困難を乗り越えて、見つけた恋も咲かせて、最終的に幸せになるっていうのが王道じゃない。

だから、異世界に召喚されたんだって理解できた時点で、そうなるものとばかり……。

「そっか……。還れるんだ……」

ああ、よかった。

心の底からホッとして、安堵の息をつく。

「じゃあ、還してください。今すぐ」

「それでは、召喚した意味がないだろう。まぁ、少しつき合え」

「でも、兄が……」

私は口ごもり、ふるふると頭を横に振った。

「私、直前まで兄と一緒にいたんです。光とともに突然目の前から私が消えて……きっとものすごく心配しています。だから一旦帰らせてくれませんか？　一旦でいいので」

「じゃあ、こんなところで問答している暇が惜しいな。さっそくこちらの用事を済ませてしまおう」

エレンがにっこりと笑う。――そうじゃなくて！

「いや、あの、向こうで騒ぎになったら困るので、一度還って兄に事情を話してからじゃ駄目ですか？」

「さ、来い。こっちだ」

「…………」

取り付くしまもないといった態度に、思わずため息をつく。――この人、めちゃくちゃ自分勝手だ。譲歩する気なんて微塵もなさそう。

それなら、彼の言うとおり、用事とやらをさっさと済ませて一分一秒でも早く帰るべき。それに限る。無駄な問答に時間を割くべきじゃない。

私のためにも、お兄ちゃんのためにもだ。

私はため息をついて、あらためて挑《いど》むようにエレンを見つめた。

「用事ってなんですか？」

「……話の早いヤツは好きだ」

エレンが満足げに目を細め、「こっちへ」と私を促した。

「飲食店をやっていると言ったな？　お前は料理人か？」

「いいえ、違います。料理人《シェフ》は兄です。私は、接客と経営のほうを」

部屋を出て、彼について暗い廊下を歩く。

「じゃあ、料理はできない？」

「いいえ、そんなことはありません。兄ほどではありませんが、人並み程度には」

「そうか。それなら、問題ないだろう。用事とはまさしくそれ——料理だ」

「料理？」

首を傾げる私の目の前で、エレンが頷きながら重たそうな木製のドアを開ける。

「ここがキッチンだ」

「……！　うわぁ……！」

中に入って、思わず声を上げてしまう。

飴色《あめいろ》に色づいた古めかしいカントリー調の食器棚に、使い古された陶器の食器たち。同じく飴色の食材棚に、鉄製のさまざまな調理器具。どれもこれも、蚤《のみ》の市などで見る本物のアンティークだ。

水を溜めておく大きなタンクの下には、シンクではなく木の桶が。そこに汚れた食器が水に浸かっていた。そ、そうか、水道がないんだ。

そして、十八世紀後半あたりのヨーロッパで使われていただろう、石炭を使うタイプのキッチンストーブというか——調理レンジ台。

え？　ちょっと待って。料理はできるけど、こんな調理器具を扱ったことはないよ。

小説やアニメ、映画の中でしか見たことがないキッチンを前にして呆然としていると、エレンがこれまたかなり古そうな革の表紙の本を差し出した。

「……？　なんですか？」

「おそらく、レシピ本だ」

開いてみると——たしかにそんな感じだ。料理のイラスト、分量と思われる数字の羅列《られつ》、さらに料理手順と思われるイラストの横には、読めない文字がビッシリと書かれている。

「そちらの世界の本らしい。数年前に手に入れた。異世界からの召喚が禁忌《きんき》となる前に、そちらの世界からもたらされたものだという話だ」

「えっ⁉　こ、こちらの⁉」

「ああ、こちらの文字じゃない。少なくとも、俺は見たことがないな」

あらためてよく見ると、たしかに手書きの筆記体だから読めないと思っちゃったけど、これはアルファベットだ。

「英語……じゃないよね？　フランス語かな……？」

「家庭料理の本だということだった」

エレンがそう言って、ある一ページを示す。

「これが食べてみたい」

「へぇ、そうなんですか……って、えっ……⁉」

思わず顔を上げて、エレンをまじまじと見つめてしまう。

「まさか、そのために呼んだんですか？」

「そうだが？　異世界の料理なんだ。レシピも異世界の言葉で書かれている。それなら、異世界の者に作ってもらうのが一番早いだろう？」

「…………」

えっ⁉　一向に悪びれる様子がないんだけど、私がおかしいの？

たったそれだけのことで罪に手を染めること自体信じられないけれど、そのうえさらにまったく関係ない人まで罪人にしちゃうって、普通に考えて頭おかしいと思うんだけど。

え……？　怖っ……。

「……おい、なんだ？　その奇妙なものを見る目は」

「なんだと言われましても」

そんなことが平気でできちゃうサイコパスに向ける視線は、これで正解だよ。私、何も間違ってない。

でも、そんなサイコパスに常識や良識を語ったところで、きっと時間の無駄でしかない。

私はため息をつきながら古いレシピ本に視線を戻し、その文字を必死で追った。

「ええと、Ha、chis……Par？　me……あ、アシ・パルマンティエ⁉」

「お？　わかるのか？」

「ええと……はい、そうですね。手順のイラスト的にも、料理の完成図的にも、おそらく間違いないです。アシ・パルマンティエです」

「作れるか？」

「材料があれば……。あー……でも……」

私は調理レンジを見て、顔をしかめた。

「扱ったことのない調理器具なので、少し自信がないです」

「じゃあ、調理器具を使う作業は師匠にやらせよう。好きに使ってくれ」

「使ってくれって……師匠をなんだと思ってるんですか？」

ジトッと冷たい視線を向けるも、エレンはまったく気にする様子もなく、話を進める。

「材料は何がいる？」

おじいさんを気の毒に思いながらも、馬の耳に念仏、釈迦に説法、サイコパスに良識。言うだけ時間の無駄なので、そこはすっぱりと諦めて、質問にだけ答える。

「ええと、じゃがいも、玉ねぎ、挽《ひ》き肉、牛乳、バター、赤ワイン、トマト……」

「は？　◎△$♪×¥●&%#？」

「え？」

なんて!?

「いや、◎△$♪×¥●&%#ってなんだ？」

「あ、あの？　なんですか？」

急に彼が何を言っているのかわからなくなって首を傾げると、エレンが小さくため息をついた。

「悪い。固有名詞は、たまに翻訳が機能しないこともあるんだ。わかりやすく言い換えてくれると嬉しい」

「翻訳？」

一瞬わけがわからず眉をひそめて――けれど、唐突に気づく。えっ⁉　もしかして⁉

「えっ⁉　今、お互いの言葉は翻訳されて伝わってるってことですか⁉」

外国映画の吹き替えみたいに？

「ああ、そうだ。俺からしたら、お前はこの国の言葉を話しているし、お前からしたら、俺はお前の国の言葉を話しているはずだ」

「は、はい。たしかに、私の国の言葉を話してるように聞こえます……」

っていうか、日本語を話してるんだとばかり思ってた。

だけど、気をつけて見ると、たしかに口の動きと発している言葉が合っていない。

そっか。日本語を話してたんじゃなかったんだ。

「そんなことできるんですね。魔法って……。すごい……」

「魔法もすごいが、一番に賞賛されるべきは俺だろう。異世界の人間を招くということで、古い文献を調べに調べ尽くして用意したんだ」

——すごいかもしれないけれど、なぜその途中で、異世界の料理が食べたいってだけの理由で法を犯してはいけないって気づけなかったの？

「魔法は俺やお前ではなくこの家にかかっているから、家から出た途端に言葉が通じなくなるから覚えておけ。まぁ、この家から出ることなどないだろうが」

「あ、はい。わかりました。——じゃあ、野菜と肉、調味料を見せてもらえますか？」

「わかった。少し待て」

エレンは頷くと、キッチンのドアを開けて、廊下に向かって叫んだ。

「おい、師匠！　ちょっと来い！」

「…………」

師匠に「おい」って……いや、もう気にしたら負けだ。

ため息をついていると、ドドドドッと激しい足音がして、おじいさんが駆け込んでくる。

「な、何かありましたかな!?　殿……いや、エレンと……異世界の客人！」

その言葉に、エレンがふと何かに気がついた様子でこちらを見る。

「ああ、そうだ。お前、名前は？　まだ訊いていなかった」

「あ、えーっと……それも固有名詞ですけど、ちゃんと伝わりますか？」

「俺の名前はどう聞こえた？」

「エレン？　で合ってます？」

「そうだ。エレンだ。師匠はカルロだ。復唱してみろ」

「エレンの師匠のおじいさんは、カルロ」

素直に復唱すると、エレンが満足げに笑う。

「よし。お前の名前は？　ゆっくりな」

「樹梨」

「ジュリ？」

私は頷いた。

「そう、合ってる。樹梨」

「そうか。ジュリ。よろしくな」

エレンがにっこりと笑う。う、うわぁ……！　か、顔がいいっ……！

その綺麗過ぎる笑顔に、心臓が大きな音を立てて跳ねた。

「じゃあ、師匠を自由に使っていいから、料理を頼む」

「…………」

……今のトキメキはなかったことにしたい。

私はため息をついて、気の毒なおじいさん――カルロさんへと視線を移した。

「では、申し訳ありませんが、手伝っていただけますか？」

◇＊◇

　じゃがいもをよく洗って皮つきのまま茹《ゆ》でたら、熱々のうちに皮を剥いて潰し、牛乳とバターを加えてなめらかになるまでよく混ぜ、塩コショウで味を調《ととの》える。

　サラダ油に刻んだにんにくを加えて、弱火でじっくりと香りを出し、みじん切りにした玉ねぎを入れて透きとおるまで火を通す。そこに挽き肉を入れて色が変わるまで炒めたら、しっかり目に塩コショウをして、トマトを煮詰めて作ったピューレと赤ワインを入れて、水分を飛ばすようにかき混ぜながら煮込む。本当は固形ブイヨンも入れたかったけれど、それはないらしい。

　耐熱皿にマッシュポテトを敷き、その上に挽き肉で作ったフィリングをたっぷりと乗せ、さらにマッシュポテトを敷き詰めて蓋をする。

　チーズはたくさん種類があったので、一つ一つ味見をして、ゴーダやチェダー、パルミジャーノ・レッジャーノなどに近いものを数種類ブレンドしてその上に振りかけた。

「そして、オーブンで表面に焦げ目がつくぐらいまで熱してできあがりです！　どうぞ、こちらがアシ・パルマンティエとなります！」

「おおっ！」

表面のチーズがじゅわじゅわと、中のフィリングがぐつぐつとひどく美味しそうな音を立てているお皿を見て、エレンが顔を輝かせた。

こんがりと色づいたチーズの香ばしい香りが、食欲をこれでもかと刺激する。

「やっぱり『じゃがいも』を使う料理だったんだな」

エレンの口は『トゥーベル・ソラーニー』と動いているのにもかかわらず、私の耳にはちゃんと『じゃがいも』と聞こえる。

この家にかけられているという翻訳魔法は、本当に優秀だ。私とカルロさんで一つ一つ名称を確認しながら作業していたら、すぐに学習して翻訳してくれるようになった。

ちなみに、この国の言葉では玉ねぎはケーパ、チーズはカーセウス、牛はボース。肉はカロー、牛乳はラク、バターはブーテュールムと言うらしい。

似た食材が結構あったから最初はホッとしたんだけど――牛肉は私の世界のそれよりもずいぶんと野性味が強かったし、牛乳も脂肪分が高くてかなり濃厚こってり味だった。バターも同じく。トマトは酸味が強くて、青臭さがかなりあったし、ワインは逆にすごくあっさりというか、葡萄《ぶどう》の味が薄めだった。

考えてみれば、当然なのかもしれない。私たちが普段扱っている食材は、どれもこれもその道のプロが美味しさを追求して品種改良したものばかりなのだから。

さらに、石炭を使うキッチンストーブは火加減が難し過ぎるし、古い鉄製フライパンはとにかく焦《こ》げつきやすくて、テフロン加工の偉大さを痛感したよ……。

食材といい、調理器具といい、あらためて『技術』ってものは本当に素晴らしいなって思った。

だから、口が裂けても百点満点とは言えないけれど……それでもやれることはやった。今できる最大限のことはできたと思う。

「めしあがれ」

にっこり笑ってそう言って、エレンの向かいの席に座る。

スプーンですくうと、トロリとしたチーズが糸を引く。

なめらかなマッシュポテトと、濃厚な挽き肉のフィリングが作る、なんとも美しい層。

そこから立ちのぼる、なんとも香り高い白い湯気。チーズにバター、トマト、ワイン、焼いた肉の香ばしさ――さまざまな芳しい香りが混然一体となって鼻孔《びこう》をくすぐる。

鼻で香りを味わったあとは、今度は舌で。ふぅふぅと息を吹きかけて少し冷ましたら、そのまま口の中へ。

「っ……！　は、ふ……！」

思ったより熱かったのか――はふはふと口の中に新鮮な空気を取り込みながら味わう。

そしてようやく食道を焼かないであろう温度になったところで、ゴクリと飲み込んだ。

「ッ……！　美味《うま》いっ！」

直後に、ひどく驚いた様子で目を丸くし、まじまじと皿を見つめる。

「な、なんだ、これは！　芋は食感がなめらかでクリーミー、ふんわりと甘い優しい味がたまらない！　肉は細かく刻まれているからか食べやすく、なのに味はしっかり濃厚で、まるで塊肉《かたまりにく》のシチューを食べているかのような満足感だ」

もう一口――今度はしっかり冷まして口に入れる。

「うん、芋の優しさに肉の旨味、チーズの強い風味とコク。一つ一つももちろん美味いが、三つ合わさった時の美味さはそれの比ではない。最高だな！」

そして、私を見てとても嬉しそうに口もとを緩めた。

「とにかく、ものすごく美味い！」

「……よかった」

エレンの心の底からの『美味しい』に、その笑顔に、じんわりと胸が熱くなる。

住む国が違えど、世界が違えど、美味しいものを食べて幸せを感じるところは同じだ。

そこは変わらない。

ああ、やっぱり私はこの瞬間が好きだ。

お客さまが『美味しい』と言って笑う――ひどく幸せそうに綻《ほころ》ぶ表情が、本当に。

それを見るために生きていると言っても、過言《かごん》ではないと思う。

幼いころから、それであふれている父の『くまねこ亭』を見ていたから、自分もそれに囲まれて暮らしたいって自然と思うようになった。

将来は、私がくまねこ亭を継ぐんだ。くまねこ亭のシェフになるんだって。

だけど思いがけず、私がまだ中学生の時に——くまねこ亭の味を伝授してもらう前に事故で両親が急逝《きゅうせい》してしまい、くまねこ亭は存続の危機に陥ってしまった。

結局、お兄ちゃんがくまねこ亭を継いでシェフとして猛勉強をしはじめるんだけど——最初はまったく上手くいかなかった。

どれだけ焦ったところで、そのころの私にできることと言えば、家事を積極的にこなすことと、それ以上に必死に勉強することぐらいで、歯を食い縛って努力するお兄ちゃんの背中を見ながらかなり長いこともどかしい思いをしたけれど——いろいろと模索した結果、私がくまねこ亭のためにできることは料理より接客や経営のほうで、実はそちらのほうが私に向いていたのもあって、私が成長して役割分担がはっきりするにつれてくまねこ亭は以前の活気を取り戻していった。

だから、接客と経営も好きだし、それが私のやるべきことだと思っているし、シェフに未練もない。それでも料理は今でも好きだし、『美味しい』と言ってもらえるのは単純に嬉しい。

その一言は、今も昔も変わらず、私を幸せにする。

「……なんだ？　ニコニコして」

一心不乱に口に運んでいたスプーンを止めて、エレンがこちらを見る。

「ううん、何も」

私はふるふると首を横に振った。

「喜んでもらえたなら、よかったです」

「これ以上はないというほど喜んでいるぞ。褒めてやる。よくやった」

――上からと言うか、遥かなる高みからのお言葉、ありがとうございます。

それでも、やっぱり嬉しい。

さらにニコニコしていると、エレンがスプーンを咥えたまま何やら逡巡し、ふいにゴソゴソとズボンのポケットを探る。

そして、何か重たそうなものをゴトリと私の目の前に置いた。

「料理の礼に、それをやろう」

「え？　お礼なんて別に……って、ええっ⁉」

驚きに声を上げると同時に、カルロさんもまたギョッとした様子で目を丸くする。

そこには、金色に光る懐中時計があった。手巻きタイプのハンターケース型のもので、蓋には紋章のような図案が繊細に彫り込まれている。

よく目にする金メッキとは、輝きからして違う。これ、絶対に高い！

私は慌ててそれを押し返した。

「こ、これ、本物の金なんじゃ⁉　も、もらえないよ！」

「そうだが、気にするな。この料理には、それだけの価値はある」

「そ、そんなわけないから！　金でしょう⁉　絶対にすごく高いはずで……」

「いや、そうでもない。十八歳の誕生日に俺が作らせたものだから、値段はわかっている。安心していい」

い、いやいや、そんなわけないよ。あの材料に水と石炭代、作る手間賃を入れたって、金一グラムの値段には到底及ばないよ。

少しぐらい古くても、むしろこういったものってアンティークのほうが価値があったりするものだし……。

「十八歳って、五年ぐらい前？」

「五日前だ」

「いっ……⁉」

五日ぁっ⁉

まったく予想だにしていなかった言葉に、私は目も口もかっ開いてエレンを見つめた。

「えっ⁉　エレン、十八歳なの⁉」

「は……？　そうだが？　何かおかしいか？」

口をモグモグさせながら、何を驚いてるんだとばかりにエレンが眉を寄せる。

いや、驚くよ。驚かないわけはない。

「だ、だって、同じ歳ぐらいだと……。まさか、そんなに年下だったなんて……」

「はっ⁉」

何に驚いたのか――エレンもまた唖然とした様子で目を丸くする。

「翻訳魔法の調子が悪いのか？　まるでお前が年上のように聞こえたが……」

「いや、そう言いました。私、二十三歳なので」

「あぁっ⁉」

エレンがあっけにとられた様子で口を開け、スプーンを取り落とした。

「十三歳の間違いだろう？」

「な、なんてこと言うんですか！　違います！　ちゃんと二十三歳です！」

「十三歳は違うにしても、間違いなく十五、六歳だ。二十三歳なんてあり得ない！」

い、言い切った⁉　いや、本当に二十三歳だから。

たしかに、アジア人――とくに日本人は欧米人よりも若く見えるものだけど、それでも十五、六歳はなくない？

「今ここで証明しろって言われても困るんですけど、間違いなく二十三歳です。ちゃんと成人女性です。ちなみに、私の国の成人年齢は二十歳です」

「ベビーフェイスにもほどがあるだろう！　お前、実は魔女なんじゃないのか!?」

「し、失礼な！

「わ、私はいたって普通です！」

「……『普通』という言葉の意味をわかって使っているか？」

「も、もちろん理解しているし、翻訳のバグ……ええと、不具合でもないよ。本当に私は普通だから！」

疑いの目を向けるエレンと――え？　カルロさんまでそんな目で私を見るの？

「兄は今年二十七歳になるんですけど、でもこちらの人から見たら、やっぱりすごく若く見えると思います。私の世界でも、私の国の人は、それ以外の国の人から見たら、かなり若く見えるって話で……」

「お前の国には、お前みたいなのがごろごろいるのか。なんだそれは。恐ろしいな……」

「……言い方よ。それはもう悪口だからね？　蹴とばすよ？」

ジロッとにらみつけると、エレンが楽しげに声を立てて笑う。

そして、アシ・パルマンティエの最後の一口をしっかりと味わって――あらためて私を見つめた。

「あはは！　いいなぁ、お前。なかなかどうして……根性が座っている」

「え？　根性？　今の、関係ありました？」

ポカンとする私に、エレンがさらにクスクスと笑いながら椅子に背を預けた。

「あるだろう。突然、異世界なんかに連れて来られてみろ。普通ならパニックになって、料理なんてまともに作れやしないと思うぞ」

「わかってるんじゃないですか……」

それでなぜ、異世界の者を呼んで料理を作らせようって発想に至っちゃったの？

「ましてや、料理を食べる異世界の人間の反応を楽しんだり、お前を異世界に呼び寄せた張本人に『蹴とばす』なんて言えるか？　間違いなく、根性が座っている」

エレンがじっと私を見つめたまま、まるで挑発するように目を細める。

「俺が機嫌を損ねて、もとの世界に還してもらえなくなったらどうするんだ」

私は小さく息をついて、胸もとに手を当てた。

「私は、飲食店をやってるって言ったでしょう？　お客さまの求めには、どんな形であれ最大限お応えする。それが私の矜持《きょうじ》なんです」

「……！　ほう？」

「でも、理不尽に黙って泣いたりはしない。お客さまは絶対だって、どんな無茶な要求も甘んじて受けるのも、必要以上にお客さまにペコペコしてご機嫌取りをするのも、違う。お客さまに真摯に向き合うってことは、そういうことじゃないと思ってるから」

「なるほどな。料理を求めた時点で、俺もお前の客というわけか。――悪くない」

そう言って――なんだかひどく満足げに頷くと、エレンはスラリと立ち上がった。

「では、なおさらそれは受け取っておけ。客から代金を取らないのも違うだろう？」

「でも、これじゃ多過ぎて……」

「その点は心配ない」

きっぱりと言って、また悪戯っぽく笑う。

「まぁ、すぐにわかるさ」

◇＊◇

目蓋の向こうが暗くなり、世界に音が戻ってくる。

おそるおそる目を開けると――そこはまぎれもないくまねこ亭だった。

見慣れた景色に、思わずほーっと安堵の息をつく。

「還ってきた……」

店内をぐるりと見回すと、客席も厨房も私が消えた時のまままったく片づいておらず、電気もついたまま。――お兄ちゃんの姿はない。

時計を見上げると、すでに二十三時近い。二時間半以上もの時間が経っていた。

「お兄ちゃん……」

私が目の前から突然消えたのだ。そりゃ、悠長に片づけなんてしていられるはずもない。

ここにいないということは、どこかに探しに出かけているのかもしれない。もしかしたら、警察に駆け込んでいたりするかも。

「早く連絡しなきゃ……！」

レジへと駆け寄り、電話に手を伸ばした時だった。

ガチャリと勝手口が開く音がする。私はハッとして、厨房を振り返った。

「お兄ちゃん！」

「っ……!?」

奥へと呼びかけると、途端にガチャンと何かを倒したような音が響く。

そのままガタガタガチャンと激しい物音を立てながら、お兄ちゃんが姿を現した。

「じゅ、樹梨！」

私を認めるなり素早く駆け寄って来て、身体をぶつけるようにして私を抱き締める。

「ああ、夢じゃないな!?　樹梨！　樹梨っ！」

その身体ははっきりと震えていた。――当然だ。私よりずっと怖い思いをしたのだから。

私も、逆の立場だったら――目の前から突然お兄ちゃんが消えて、そのまま行方不明になったら、発狂しない自信がないもの。

私はお兄ちゃんの背中へと手を回し、しっかりとその震える身体を抱き締めた。

「け、怪我はないか？　な、何か……おかしなところは……」

「大丈夫。ごめんね？　心配かけて……」

背中をトントンと優しく叩くと、ようやくお兄ちゃんが安堵の息をつく。

「な、何が起こったんだ!?　いったい……」

「それは……」

スカートのポケットの中で、ジャリッと重たい音がする。

取り出すと――あの金時計。

「これは？」

「あのね、お兄ちゃん。簡単に信じられる話ではないんだけど……聞いてくれる？」

私の真剣な眼差しに、お兄ちゃんはすぐに頷いてくれた。

「もちろん」

その力強い返事に、勇気をもらう。

テーブルへと移動し、私に起きたことすべてをありのままに話した。

話し終えると、お兄ちゃんは参ったと言わんばかりに首を横に振って、天井を仰いだ。

「そんなことが……」

「信じてくれる？」

おずおずと訊くと、意外にもあっさり頷いてくれる。

「信じるよ。騙すつもりなら、逆にもう少し現実味のある嘘をつくと思うし」

——私もそう思う。騙したかったら、逆に異世界転移はない。普通は信じないもの。

「そもそも、樹梨が光に包まれて消えるところを、僕は目の当たりにしているわけだし、樹梨が嘘をつかないことだって、僕が一番よく知ってる。だから、信じるよ」

そう言って、お兄ちゃんがテーブルの上の金時計を手に取る。

「絶対に高いよね……？　それ……」

「高いよ。今、金って一グラムで七千円超えるはずだし。鑑定してもらって換金したら、そこそこいい値段になると思う。時計についてる鎖だけでも相当だよ」

「そ、そんなものを……」

「たぶんあちらの世界とこちらでは金の価値が違うんだと思う。こちらの世界でも、中世と今では違うわけだし」

「あ、そっか……」

「でも、それでもやっぱり安いものではないよ。それは絶対」

金時計をテーブルに戻して、お兄ちゃんはじっと私を見つめた。

「ただ、美味い異世界の料理のお礼にってだけじゃないと思うな。五日前の——十八歳の誕生日に自分のために作らせたものだろ？」

「うん、そう言ってた」

「お礼ってだけなら、ほかになんでもあったはずなんだ。それこそ向こうの通貨でもね。樹梨が恐縮せずに受け取れるものが」

「だけど、これを選んだ……」

「うん、そこに意味がないわけはないと思うよ」

「…………」

二人で、美しい金時計を見つめる。

「すぐにわかる、か……。気になるな……」

「うん……」


そしてその意味は、本当にすぐにわかった。

正確には、次の日の夜に。

「ありがとうございました！」

最後のお客さまを見送って、立て看板を店内にしまう。そして扉に『CLOSED《クローズド》』の札をかけて、しっかりと施錠。

お兄ちゃんが賄いを作るべく、残りものと冷蔵庫の食材をチェックしていた——その時。

家の金庫にしまっておいたはずの金時計が、突然目の前に現れる。

「えっ⁉」

驚いて叫んだ瞬間、目の前で金時計が光り輝き出す。――これって!?

もしかしてという思いがよぎると同時に、私はその鎖をひっつかむと、そのまま厨房に駆け込み、お兄ちゃんの首にしがみついた。

金時計が発する閃光があたりを真っ白に染め、無音の世界が訪れる。

「――取り込み中だったか？」

相変わらず悪びれる様子がまったくない声に、私はゆっくりと目を開けた。

色とりどりのランプや鉱石の入ったフラスコ、読めない文字が書きつけられた羊皮紙に羽ペンなどが浮遊する、いかにも魔法使いらしい部屋。

そして――腕の中には、びっくり眼のお兄ちゃんが。

私は思わずグッと拳を握り固めた。

「すごいっ！　私の学習能力！」

二回目にして、お兄ちゃんを巻き込むことに成功したよ！

「こ、これは……」

摩訶不思議な部屋の中を見て、お兄ちゃんが絶句する。

そんなお兄ちゃんを見――それから私へと視線を移して、エレンは小首を傾げた。

「ラブシーンの途中なら、終わるまで待っててやろうか？」

「変な気の遣い方しないでください。この人は恋人じゃないです。お兄ちゃんです」

「兄……？　料理人だという兄か！　二十七歳の！」

エレンがポンと手を打ち、あらためてまじまじとお兄ちゃんを見て――唖然とする。

「嘘だろう？　二十歳になるかならないかに見えるんだが……」

「え……？　いや、僕は……」

「とにかく、でかした。ジュリ。料理人を連れてくるとは、気が利いてるな」

「……あなたのためじゃないです」

私が、一人で飛ばされたくなかっただけです。

「それより、なんですか!?　この金時計！　家に置いておいたはずなのに、急に店に……私の目の前に現れて！」

金時計をエレンに突きつけると、またもまったく悪びれる様子もなく――それどころかなぜか彼は誇らしげに胸を張った。

「ああ、転移魔法を付与《ふよ》してあるんだ。すごいだろう？　これから、時間になればこれがお前をここに連れて来てくれるんだ」

「は、はぁ!?」

「こんなことができるのは、この国でも俺ぐらいだ。いやぁ、天才過ぎて自分が怖い」

「…………」

開いた口が塞がらないって、まさにこのことだと思う。

「ちょ、ちょっと待って？　これから？　一回だけの話じゃないんですか⁉」

「誰がそんなことを言ったんだ」

「だ、だって、異世界召喚は禁忌なんでしょう？　処刑されてもおかしくない罪だって」

「そうだな」

　エレンがあっさりと頷く。えっ⁉　何？　その感じ。私がおかしいの？

「だ、だったら、そんなのポンポンポンポンやらかしていいものじゃないはずでしょう⁉　繰り返しますけど重罪なんですよ⁉」

「だからだろうが。一回やろうが十回やろうが、見つかったら処刑されるのは同じなんだ。だったら、欲は満たせるだけ満たしておかないと損じゃないか」

「すげぇ……。犯罪者の思考回路ってそうなんだ……」

「お兄ちゃん！　感心しない！」

「何かおかしいか？」

「おかしいところしかなかった！」

　その質問が出る時点で、頭がおかしい！

「カルロさんは⁉　止めたはずでしょう⁉」

「いや？　『私は何も知りませんぞ！』って言って部屋にこもってる」

「…………」

き、気持ちはわかるけど……役立たずっ！

「カルロさんがいないなら、調理器具を扱えないから諦めてください」

「大丈夫だ。その時には引っ張り出す」

……本当に、ここまで来ると『師匠』の定義が崩壊するなぁ。カルロさん可哀想。

ひっそりとため息をつくも、しかし本人はまったく意に介する様子はない。

「挿絵的にはスイーラを使う料理だと思うんだが、今日はこれが食いたい」

「スイーラ？」

こちらの都合も、師匠の気持ちも立場も我関せずで、あのレシピ本を差し出す。

お兄ちゃんがふと首を傾げて、それを受け取った。

「もしかして豚肉？」

「え？　お兄ちゃん、今のでわかったの？」

「スイーラって、ラテン語で豚肉だと思うんだけど」

そうなの？

「じゃあ、じゃがいもは？」

「たしか、トゥーベル・ソラーニーだったはず」

え？　すごい！

「お兄ちゃん、ラテン語話せたの？」

「まさか。料理や食材に限って、少し単語がわかるってだけ。勉強しているうちに自然に覚えてね」

ど、どんな料理の勉強のやり方をしてたの？　ラテン語の単語を覚えるって……。

「ああ、やっぱり豚肉だ。ブレゼだね、豚バラ肉のブレゼ。肉はどの部位を買ったの？」

「部位？」

「わからない？　ええと、じゃあその肉を見せてくれる？」

エレンが私たちをキッチンに案内し、お兄ちゃんに竹皮に包まれた塊を手渡す。

お兄ちゃんは包みを開いて中を確認し、大きく頷いた。

「ああ、バラ肉だね。これなら大丈夫」

それからキッチンストーブを見、並ぶ調理器具を見、食材棚を見て、さらに頷く。

「キッチンストーブは間違った使い方をして万が一壊しでもしたら申し訳ないから、そのカルロさん？　を呼んでくれる？」

「作れるのか？」

「うん、大丈夫。エレン──だっけ？　満足いくものを作ってみせるから、代わりに僕のお願いを一つ訊いてくれる？」

意外な言葉だったのか、エレンが片眉を跳ね上げる。

「お願い？」

「そう。召喚するのは週末だけにしてくれないかな？　それも、僕らの世界での週末ね。僕らにも生活があるから、毎日は困る。君が欲とやらで僕らの大切なものを脅《おびや》かすのなら、僕はどんな手を使っても召喚を阻止する方向で考えなくちゃいけなくなる。でも、僕らの都合もちゃんと考えてくれるのであれば、少しぐらいつき合ってあげてもいい」

そう言って、エレンを見上げたままにっこりと笑う。

「どうする？」

挑戦的ともとれるその言葉に、エレンが面白そうに口角を上げる。

「いいだろう。ただし、俺を美味いと唸《うな》らせることができればの話だ」

「うん、それでいいよ」

お兄ちゃんは頷き——腕まくりをすると、フッと目を細めた。

「そんなのは簡単だからね」

◇＊◇

「明日は土曜日か……」

すべての片づけを終え、カウンターやテーブル、椅子、床や扉にいたるまでピカピカに磨き上げたところで——私はふと呟いた。

「あ、そうだな」

それが聞こえていたようで、厨房からひょこっとお兄ちゃんが顔を覗かせる。

「今回は何を注文されるのかな？」

「いろいろ作ったよねぇ」

最初に異世界に召喚されてから——すでに一か月半。

二回目の召喚時のエレンの賭けは、もちろんお兄ちゃんがあっさりと勝ち星を挙げ——それからというもの、異世界に召喚されるのは土曜日の夜と日曜日のお昼のみとなった。

異世界へは、最初を合わせてすでに十二回。次が十三回目となる。

「最初がアシ・パルマンティエでしょ？　次が、豚バラ肉のブレゼ。その次がポテだっけ。パンケークサレ、葉野菜のオンブーレ、何かよくわからない小魚のエスカベシュ、何かの粉のガレット、トマトファルシ、シュークルート、パテ・ド・カンパーニュ……。あとはカスレとキッシュ・ロレーヌだったっけ？」

「余った豚肉でリエットとか、余った野菜でグラッセやラタトゥイユ、ピクルスなんかも作ってるよ。僕らが帰ったあとに食べられるように」

「見事にフレンチだね」

「エレンが持ってるレシピ本がフレンチだからね。そりゃ、そうなるよ」

「それなんだよねぇ……」

眉を寄せると、綺麗に拭き清めた皿を棚にしまいながら、お兄ちゃんが首を傾げた。

「何か不満？」

「だって、それって、お兄ちゃんの百点満点の料理じゃないんだもの」

意外な言葉だったのか、お兄ちゃんが作業の手を止めて目を丸くする。

「ただでさえ、材料や調理器具でハンデがあるのに、作る料理まで畑違いのフレンチって、それってお兄ちゃんの無駄遣いじゃない？」

「無駄遣いって……」

「お兄ちゃんはそうやって笑うけど、でも本当にそう思うの。エレンが美味しいって顔を輝かせるたびに、違うんだって……。お兄ちゃんの料理はもっと美味しい。お兄ちゃんはもっとすごいんだって……」

「樹梨……」

私はため息をついて、カウンター席に腰を下ろした。

「ねぇ、お兄ちゃん。前に、あの国……あの世界には、まだ食文化らしいものがないって言ってたよね？」

「え？　ああ、うん。エレンも言っていただろう？　そもそも食事を楽しむという概念が、一部の貴族の間にしかないんだって」

「うん、言ってた。それ聞いてびっくりしたんだけど……」

「え？　驚くことじゃないだろう。そもそも食文化ってものは、国が豊かになって、民が潤って――つまり安心して暮らせる世の中になってはじめて育まれるものなんだから」

お兄ちゃんが片づけを終えて、こちらを見る。

「世界で唯一と言ってもいい――他国に一度も征服されることなく、単一民族支配のまま存続している日本でも、室町時代に生まれた饗宴料理は朝廷貴族の料理に由来するもので、間違いなく特権階級だけのものだったし、会席料理は十九世紀になってはじめて今の形に整ったんだよ。江戸時代になって戦のない時代が長く続いて――国が栄え、民が潤って、ようやく」

「そうなの？」

「そう。日本食の代表と言ってもいい握り寿司が生まれたのだって、そのころだよ」

え、そうなんだ。もっと昔からあるものかと。

「独自の食文化が育っていたって、食を楽しむなんてことは、心に余裕があってはじめてできることだ。わかりやすい例が、第二次世界大戦中だ。すでに日本の食文化はほとんど完成されていたけれど、当時の国民は食を楽しめてなんかいなかったろう？　明日の命がどうなるかもわからない状況だったんだから」

「ああ、そっか。なるほど」

考えてみれば、そのとおりだ。

「まだ聞きかじった程度だけど、イリュリア王国の領土は前の前の王さまの時にようやく今の形になったたって。一時的かもしれないけれど、周辺諸国とも同盟を結ぶことができて、血で血を洗うような戦争がやっと終わったんだって、エレンが言ってたよ」

「へぇ、そうなんだ……」

「だから、きっとあの国は、これからさまざまな文化が花開くんだよ。食《しょく》を含めてね」

「ねぇ、それだったらさ」

私はカウンターに手をつき、ずいっと身を乗り出した。

「日本食を作ったたって、別に駄目じゃないよね？」

食文化らしい食文化がないってことは、フレンチやイタリアンのようなヨーロッパ系の食事じゃなきゃ駄目ってこともないと思わない？

「私、『くまねこ亭』の味をエレンに食べてもらいたい！」

フレンチやイタリアンが駄目だって言ってるわけじゃない。

エレンにとって、和食はまったくなじみのないはじめての味なのはわかってる。

それでもお兄ちゃんの真骨頂――三代受け継いできた『くまねこ亭』の味をどうしても食べてほしい！

「なんで、わざわざ？　彼は今のままでも充分満足しているみたいだけど？」

「うん、エレンはそうだと思う。これはむしろ私の問題だよ」

私の――気持ちの問題。

「お兄ちゃんだって、自分では五十点ぐらいだなって思う料理を、お客さまに最高だって大絶賛されたらちょっとだけモヤモヤしない？」

「それは……」

「褒めてくださるのはとても嬉しいし、ありがたくもあるけれど、でもこの料理で自分の実力を語られたくない。もっと自分はできるのにって思っちゃわない？」

　私は思う。この一か月半、ずっと思ってた。

「お兄ちゃんの腕は、もっとすごいのに！『くまねこ亭』の味は、もっと美味しいのに！それを知ってもらえないままだなんて、やだよ！」

「樹梨……」

「それだけじゃない！　あのレシピ本がすべてだとも思ってほしくない！　この世界にはもっと多種多様な食文化が存在しているし、そのどれもが本当に個性的で素晴らしい！それをもっと知ってほしい！　味わってほしい！」

　あの世界で未来に花開く食文化も、そうなるように。

「もちろん異世界召喚は禁忌で、召喚される私たちも罪人となってしまうから、エレンとカルロさん以外には披露できないんだけど、それでもあの世界の今後のためにも、二人に知ってもらうことがマイナスに働いたりはしないと思うから」

エレンやカルロさんから、食事を楽しむという概念がもっと広まればいい。

そうして、イリュリア王国の人々がもっと幸せになるといい。

心から、そう思うから――。

「そのためにも、エレンにもっと美味しいものを食べてほしいし、楽しんでほしいの！」

「たしかに和食は世界遺産にも登録された素晴らしい文化だから、知って損になることはないと思うよ。だけど現実問題、イリュリア王国の現在の食事事情は、中世ヨーロッパのそれに似てるんだ。つまり、フレンチならともかく、和食はエレンたちの普段の食事からかけ離れ過ぎてるってこと。口に合わないかもしれないよ？」

「うん、エレンが『美味しくない』って感じたのなら、それ以上無理にすすめたりしない。だけど、こちらが勝手に忖度して試すことすらしないのは嫌だなって」

「なるほどね」

お兄ちゃんが頷き、何やら逡巡しながら腕を組む。

「そうなると、最初に披露するメニューは大事だな。洋食からあまりかけ離れてなくて、それでいて和の味わいもしっかりと感じられるもの……」

「うーん……」

私も唇に指を当てて――ポンと手を打った。

「ねぇ、『くまねこ亭』の大人気メニューを少しアレンジしてみたらどうかな？」

思いついたことを提案すると、お兄ちゃんが目を見開く。

「……！　なるほどね」

そして、ニヤリと口角を上げるとさっそく腕まくりをした。

「じゃあ、明日はそれでいこう。さっそく仕込みに入るよ」

「うん！」

◇＊◇

翌日、土曜日――いつもの時間。

金時計が発する眩《まばゆ》い光に包まれて、異世界到着。いかにもファンタジーといった感じのこの移動方法にもだんだん慣れてきた。

「よく来たな。イッセイ、ジュリ。……ん？　なんだ？　その荷物は」

いつものように出迎えてくれたエレンが、私たちを見て不思議そうに首を捻る。

お兄ちゃんがアルミ製のバットに、フライパンなどをはじめとする調理器具のバッグを、私がさまざまな調味料や食材を詰め込んだ大きなバスケットを抱えてたからだ。

私とお兄ちゃんは視線を交わすと、エレンを見つめてにっこりと笑った。

「今日は、私たちのお店の料理を食べてもらおうと思って」

「お前たちの店の料理?」

「そう。僕らの世界には、多種多様——さまざまな食文化が存在しているんだ。エレンが持っているレシピ本は、フランスという国で育まれた食だ。それもいいんだけど、今日は僕らの国で食を味わってもらおうかと思って」

キッチンへと移動し、お兄ちゃんが慣れた手つきでキッチンストーブに火を入れる。

「僕らの国は——日本って言うんだけど、ほかの国の文化を吸収して、その良いところと自国の文化や伝統を融合させて、新しいものを生み出すのが得意なんだ」

「新しいもの?」

「そう。いいものはじゃんじゃん取り入れて、自分たちに合うようにカスタマイズして、変化——進化させて、自分たちの文化として定着するまで成長させる——そういうことが得意な国民性なんだよ」

「怒られないのか? その——ほかの国に」

「そっくりそのままコピーしたうえで、我が国が発祥ですみたいな顔をしてたら怒るかもしれないけれど、そうじゃないからね。真似して横取りをするんじゃなくて、取り入れて、長い時間をかけて独自の進化をさせて、まったく別のもの——新しいものを作り上げて、それを浸透させる。それを怒る国はないと思うよ。そもそも文化って、食に限らず進んだ国のものを取り入れて、変化させて進化させて作るものじゃないかな?」

火の調整を終え、お兄ちゃんが持ってきた荷物を探りながらエレンを見上げる。

「言語や考え方、政治、法律、生活様式――風習にしたって、建築物にしたって、宗教、芸術にしたってゼロから作ったって国は少ないんじゃないかな？　必ず元ネタがあって、それを自国風にアレンジして作ってるだろう？」

「まぁ、そうか……」

「僕らの国は、それがほかの国よりも得意なんだ。ほかの国のものを取り入れることに、あまり抵抗がない。柔軟って言うのかな。そういう国民性を持つ僕らだから、エレンにもさまざまな食と出会ってもらえたらって思ってさ」

そして、手桶に水を出して手を洗ってから、持ってきた消毒液で手や布巾《ふきん》、調理器具、調理台などを消毒し、アルミ製のバットを開けた。

そこにズラリと並ぶ肉ダネを見て、エレンが目を丸くする。

「それは……！」

「これも――そうして生まれた国民食の一つ」

フライパンを火にかけて、肉ダネを一つ手に取り、お兄ちゃんはにっこりと笑った。

「もともとはドイツという国のハンブルグ地方で生まれた『フリカデレ』という料理が、海を渡り――さまざまな国を経由して日本に入ってきて『ハンブルクの厚肉焼き』という意味の『ハンバーグステーキ』って呼ばれるようになった料理だよ」

そう――原型はドイツの『フリカデレ』だけど、日本に伝わるまでに少しずつ変化した派生料理ごとひっくるめて取り入れ、それらをヒントに長年の間に日本人の好みに合わせて独自の進化を遂げた、日本独自の『洋食』だ。

ほかには、オムライス、ナポリタン、ドリアなどなど。実はこれらも、ヒントは外国の料理だけど、立派に日本で生まれて進化したもの。個人的にはカレーもそうだと思ってる。日本のカレーは、インドのカリーがまずイギリスに渡っていわゆる欧風カレーとなって、それが日本に来てご飯と合うようにさらに改良が重ねられたものだから、インド料理よりやっぱり洋食に近いものなんじゃないかな？

お兄ちゃんが肉ダネを両手で軽くキャッチボールして、熱したフライパンに入れる。ジュウッといい音がして、お肉の焼けるいい香りが一気に室内に広がる。

みじん切りにした玉ねぎや牛乳でふやかしたパン粉などのつなぎをしっかりと入れて、柔らかくジューシーに仕上げるのも、日本のハンバーグの特徴だ。

だから、表面が焦げてしまわないように火加減に気をつけながらも必要以上に弄らない。肉汁が逃げてしまう隙を作らない。ひっくり返すのも一回だけ。

キッチンストーブは火加減が難しいので、表面を焼いたらフライパンごとオーブンへと入れてしまう。オーブンでじっくりと時間をかけて中まで火を入れるのだ。

そして、その間を使ってソースづくり。

正直、今まで作った料理の反応から、デミグラスソースやベシャメルソースにすれば、エレンの好みにばっちり合うことはわかってる。

だけど、それじゃ意味がないような気がした。

それは結局、『エレンの好み』という縛りの中で料理をしていることになるから。

私たちの世界には、彼がまだ知らない多種多様な食文化が——想像もつかないような味の世界があることを知ってもらうためには、そこで無難を選ぶのはＮＧ。

合格点を取りに行くなんて心持ちじゃ駄目。そこは、ハイリスク・ハイリターンで！

あえて〇点を取る危険を冒しながら、一二〇点を狙うべき。

それが、私の意見。

だからこそ、私がお兄ちゃんに提案したソースは——。

「……？　なんだ？　それは」

私がプラスチックバスケットから取り出した調味料を見て、エレンが目を丸くする。

「これは『醤油《しょうゆ》』、こっちが『みりん』で、これが『日本酒』だよ」

「この白い粉は？　塩か？　いや、でも……」

「え？　これは『砂糖』だけど？」

「砂糖⁉　白いぞ⁉」

あ、そっか。こっちのお砂糖はきび砂糖や黒糖《こくとう》みたいに色がついてるんだっけ。

「でも、お砂糖だよ。少し味わいは違うけど。あと、これが『生姜《しょうが》』ね」

生姜は三分の一を千切りにして、残りをすりおろす。そして、醤油、みりん、日本酒、砂糖の分量を量って容器に入れ、すりおろし生姜も加えてよく混ぜる。

にんじんの皮を剥いて一口サイズの乱切りにして、ブロッコリーとともに温野菜に。

じゃがいもは皮つきのまま輪切りにして、バターでソテー。

そうこうしているうちに、そろそろハンバーグが焼き上がる時間。

「……！　おお！」

オーブンを開けた途端、香ばしいいい香りが部屋中に広がる。

フライパンをコンロに戻し、合わせておいたソースをかけて、焦げつかないように絶えず揺すりながら、ソースにとろみがつくまで火を入れる。

とろみがついたら生姜の千切りを入れ、最後の一煮立ち。

付け合わせとともにお皿に盛りつけて――完成！

「お待たせしました！　自家製てりやきハンバーグです！」

席に着いたエレンの前に、まだじゅうじゅういっているてりやきハンバーグを置く。

「テリヤキ、ハンバーグ……！」

エレンが目を輝かせて、すぐさまナイフを手に取り、俵型のハンバーグにその切っ先を押し当てる。

それだけで、透明な肉汁がピュルッとあふれる。

そのままナイフを沈めれば、それは滝のように迸る。

「っ……すごい……！」

もう一秒だって待てない。そんな様子で、一口大に切り取ったハンバーグを、あふれた肉汁とソースにたっぷりと絡めて、いざ口の中へと放り込む。

「っ……んんっ！」

瞬間、金の双眸が驚愕に見開かれる。

噛むごとに口いっぱいに広がる旨味《うまみ》の奔流《ほんりゅう》――そのすべてを味わい尽くすべく、まるでスープを飲んでいるかのようにゴクゴクと喉を鳴らす。

「なん、だ……？　なんだ！　これは！」

呆然としたまま唸り、ハンバーグにさらにナイフを入れる。

「切るたびにあふれるじゃないか！　どれだけ肉汁を含んでいるんだ！」

エレンが「一滴たりとも逃したくないというのに、流出が止まらんじゃないか」などと文句を言いながら、忙しなく口へと運ぶ。

「肉の旨味もすごいが、ソースがまたいい！　甘くて、少ししょっぱくて、ピリリと辛い。香りもとても豊かだ。照り輝く見た目は官能的で、ひどくそそられる」

「よかった……！」

思わずお兄ちゃんと笑い合って、パチンとハイタッチ。

見事、一二〇点を叩き出すことに成功したらしい。やったね！

「はじめましてだけど、これが私たちの店――『くまねこ亭』の味なの」

「これが、お前たちの店の味……」

「うん、気に入ってもらえたら嬉しいな」

にっこりと笑いかけると、エレンがハンバーグに視線を落とす。

「そうか……。これが、お前たちの国で育まれた料理……」

さらに一口頬張って、しっかりと噛み締めて味わったあと、しみじみと言う。

「すごいな……。これが、お前たちの国の食か……。なんて素晴らしい……」

そして、ナイフを持つ手にギリリと力を込めた。

「っ……やはり、ほしい……！」

「え……？」

「どうしても、この国にほしい……！」

えっと、それはどういう意味？

思わず、お兄ちゃんと顔を見合わせる。

エレンは何やら考えると、ナイフとフォークを置いて、ゆっくりと立ち上がった。

「はじめまして、か……。では、俺もはじめて挨拶をしよう」

そして、片手を胸に当て、ひどく優雅な仕草で頭を下げた。

「我が名は、エレンフリート・フィニアン・リグ・イリュリア。国の名を姓に持つ者――この国の第七王子だ」

「へ……？」

「は……？」

その言葉に、私もお兄ちゃんもポカーン。

そんな私たちを見つめて、エレンはその鮮やかな金の双眸を細めて笑った。

「以後、よろしく頼む」

え……？

「えええぇっ⁉」

第二章　もの申すは、チキンソテー豆腐モルネーソース

「――よく来た」

光が治まり、いつものようにエレンが笑う。

「……ええと……」

私は口ごもり、おずおずと頭を下げた。

「い、一週間ぶりです」

先週の土曜日にエレンの身分を知って、その翌日はエレンに急用ができたとかで召喚の予定がなくなって――それ以来だもの。やっぱり、ギクシャクしてしまうよね。

王子さまにどう接したらいいかなんて、わからないもの。

「ん？　なんだ？　かしこまって。――ああ、まだ気にしているのか？　第七王子なんて大したことないと言ったろう？　七番目だぞ？　箸にも棒にも引っかからない存在だ」

「いや、僕たちの国ではそういう概念がないので」

お兄ちゃんもなんだか居心地悪そうにしながら、説明する。

「王がいない国なのか？　共和政か？」

「ええと、両方ですね。政治を行うのは国民から選ばれた代表ですが、象徴としての国のトップもいらっしゃいます」

「トップがいるなら……」

「でも、順序で大したことないなんてことは絶対にないので。天皇陛下はもちろんですが、皇室のみなさまは等《ひと》しく尊《とうと》く敬《うやま》う存在という認識なので……」

「へぇ？　そうなのか。――って、敬語はやめろ。そういう態度を取られるのが嫌だから、言わなかったのに」

　エレンがやめろとばかりに、お兄ちゃんの額を小突く。

「痛っ……」

「お前たちの国とは違う。この国では、七番目というのはいてもいなくても変わらない。逆にいないほうがありがたいぐらいの厄介な存在だ」

「いや、そんな……」

「実際、そうなんだ。王族としての公務や政治をさせようにも、もう五番目ぐらいまでで役割はすべて埋まってしまっている。かといって、仮にも王の息子だ。臣下と同じことをさせるわけにもいかない。な？　使い道もないのに金だけ食う厄介者だ」

　エレンが大仰に両手を広げ、ため息をつく。

「だから、俺は市井《しせい》で暮らすようになったんだ。カルロのもとで魔法を学びながら、民《たみ》の生活を間近に見て、ものの数に入らぬ俺でも何かできることはないのかと模索《もさく》していた。そこで目をつけたのが――食だ」

「食に……？」

「ああ、そうだ。そもそも王室での食事は民のそれに比べたらもちろん豪華ではあったが、たくさんのしきたりに縛られていて自由はないし、毒見などの関係で冷め切っているし、およそ楽しめるようなものではなかった」

「え？　冷め切って？」

一瞬首を傾げたものの、考えてみれば当然だ。盛りつけをしてから毒見を行っていたら冷めてしまうのは当たり前だし、電子レンジなどがあるわけじゃないから、温め直すには一度キッチンに戻して火にかけなきゃならない。だけどそんなことをしたら、また多くの人間が料理にかかわることになるから、毒見をやり直さなきゃいけなくなる。

何かを諦めないことには、無限ループになっちゃう。そうなれば、諦めるのは温かさだ。安全を疎《おろそ》かにするわけにはいかないのだから。

「そうだ。だから俺は、市井で暮らすようになってはじめて温かい料理を口にしたんだ。それだけですごく美味しく感じたな。王宮で食べていた食事とは比べものにならないほど粗末なものなのに、はじめて美味いと思った」

そう言って、エレンが片手で胸を押さえ、微笑《ほほえ》む。

「美味い食事は心を満たすものなのだと知った。その時の料理は、今まで食べた中で一番粗末だったが、最も俺の心に残った……」

だけど、すぐに表情を暗くし、ため息をつく。

「しかし、民の普段の食事はパンに塩味のスープ、じゃがいもにチーズぐらいなものだ。新鮮な肉はいつでも手に入るものではない。魚はもっとだ。いつもいつも同じメニュー。温かいことは俺にとって新鮮だっただけで、民にとってはそうではない。彼らにとって、食事は幸せを感じられるものではないんだ」

その言葉に、お兄ちゃんと顔を見合わせた。そうか……。冷蔵・冷凍技術がないうえに、物流自体もそんなに発達していないから、生鮮食材を得るのは難しいのか。

「民が気軽に手に入れられるのは、基本的には加工されたものだな。干し肉に魚の干物《ひもの》。ハムやソーセージといった類《たぐい》のものは、気軽に手に入れるには少々高価だ」

「……なるほどね」

お兄ちゃんがうんうんと頷く。

「王族や貴族の食事ほど豪勢なのは無理でも、民の食生活を少しでも向上させられたらと、エレンは思ったわけだ」

「そうだ。それが心を満たす。そんな小さな幸せを感じてもらえたらと思った」

エレンもまた力強く頷いて、私とお兄ちゃんを見つめた。

「経済を回して、国を豊かに——そして民を潤すことは、政治の役目だ。王や兄たちが成すべきことだ。だが、それには時間がかかる。今すぐできることはないのかと思った。たとえば、安価でいくらでも手に入るじゃがいもで、幸せを感じられないか」

「……！　アシ・パルマンティエ……！」

私はハッとして息を呑んだ。

そういえばスルーしちゃってたけど、アシ・パルマンティエをはじめて見た時、エレンは『やっぱり』って言った。『やっぱりじゃがいもを使う料理だったんだな』って。

「そうか。レシピ本の挿絵から予想して……」

「そのとおり。王宮の料理人に尋ねても、むしろ彼らにとってじゃがいもは付け合わせやスープに使うもので、じゃがいもで幸せを感じられる料理などないと言った。民の間でもじゃがいもは茹でるか蒸かすかして食べるものといった感じだった。だから……」

「じゃがいもで幸せを得られる料理を求めて、異世界のレシピ本にまで手を広げた……。そういうこと？」

私の言葉に、エレンが頷く。

そうか。ただ『異世界の料理が食べたい』ってだけじゃなかったんだ。

異世界召喚という禁忌にまで手を染めたのには、それだけの理由があったんだ。

「異世界召喚がバレたら、いくら王子とはいえただでは済まない。だから最初の予定では役立ちそうな情報をいくつか聞き出すだけだったんだ。それで用済みのはずだったんだが、予想外にお前たちが使えたものだからな……ここで手放すのは惜しい」

「『言い方』」

思わず、お兄ちゃんと一緒にツッコんでしまう。

絶対にもっとほかに言い方あったよね？　今の。

「ということで、こんなものを用意した」

エレンがポケットを探って、私たちに手を差し出す。その手の平には、魔法書のようなデザインのペンダントトップが乗っていた。縦は四センチ、横が三センチほどの真鍮製で、精緻《せいち》な模様が彫り込まれ、中心には輝く宝石がはめ込まれている。

「素敵……。なんですか？　これ？」

「偽造戸籍だ」

「ぎっ……!?」

ぎ、偽造戸籍!?

そのとんでもない言葉に、お兄ちゃんも私も唖然。

けれど、当の本人はそんなのどこ吹く風。微塵も気にする様子もなく、言葉を続ける。

「まぁ、つまり、この国におけるお前たちの戸籍だな。作った」

「作ったって……」

も、目的のためならまるで息をするように法を犯すところは、本当にどうかと思う！

か、仮にも王子さまなのに！

「せっかくいい道具を手に入れたんだ。使わなくてはもったいないだろう。ここで料理を作るだけではなく、実際に民の食生活を見てアドバイスをもらえればと思ってな」

「「だから、言い方」」

面と向かって道具とか言わない。

「え？　ってことは、外に出るの？」

「そうだ。そのために作った。これは身分証だ。この国の民は全員必ず持っている。いや、この国の民じゃなくとも、一時的に入国する者にも必ずこれが発行される」

「へぇ……」

「この中には持ち主の情報がすべて収められている。住所、職業、戸籍、前科などもだ。その情報は専用の魔道具さえあれば簡単に呼び出せるが、書き換えなどは国の機関でしかできない。高度な魔道具のため、簡単にはできないようになっている」

そう言って、そのペンダントトップを革紐に通して、再度私たちの前に差し出した。

「何かあった時には、これが身元を保証してくれる。だから常に身に着けておけ」

「え？　で、でも、身元保証って言ったって、その情報は虚偽《きょぎ》なんでしょ？」

「まぁ、そうだ。海の向こうの東の果ての島国の生まれで、幼いころに両親に連れられてこの国に移住、現在の身元引受人はカルロとなっている。ざっくり言うとこんな感じだ。だから、何かあっても俺に連絡が来るだけだから、そこは不安に思う必要はない」

エレンがきっぱりと言う。――カルロさんもいろいろいいように使われて大変だなぁ。

「大事なのは、これに翻訳魔法がかけられているということだ。つまり、これを身体から離してしまったが最後、お前たちは言葉が通じなくなる。俺ともだ」

「あ、そっか……！　これまで、翻訳魔法はこの家にかけられていたから……」

家から一歩でも出たら、まったく言葉が通じなくなるって言われていたっけ。

「……なるほどね？　わかった」

お兄ちゃんがそれを受け取って、首にかける。続いて私も。

キラリと胸元で光る真鍮の魔法書――これ、すごく可愛い。

「これで、僕らが外を……街を歩けるようになったってことだね？」

「そうだ」

エレンが大きく頷く。

「そうか、わかった。実際に民の食生活を見てアドバイスをもらえればって言ってたけど、この際だ――エレン。僕らに期待していることは全部言ってほしい」

「うん？」

「召喚した人間がどんな人物かわからない状況で、王子という身分を明かすのは危険だよ。だから隠すのも当然だ。目的なんかも、相手のことをある程度理解してから話すべきだと思うから、一か月以上もの間何も知らされなかったことをとやかく言うつもりはないよ。でもね？　エレン」

お兄ちゃんがエレンをまっすぐに見つめて、はっきりと言う。

「これは完全に結果論でしかないけれど、それでもこの国で誰でも安価で手に入れられる食材で、人々が幸せになれる料理を教えてほしい、もしくは考えてほしいともっと早くに僕らに言ってくれていたら、今日までの時間……過ごし方がまったく違ったはずだよ」

「それは――そうだ」

お兄ちゃんの言葉に、エレンもまたはっきりと頷く。

「だが、俺も王子という立場上、つき合う人間は慎重に吟味《ぎんみ》しなくてはならない。だからそこは許せ。この一か月半は、お前たちを理解するのに必要な時間だったんだ」

「わかってるよ。とやかく言うつもりはないって言っただろう？　でも、これからは違う。僕や樹梨がどういった人間か理解したうえで、僕らの力を借りたいと思ったんだろう？だったら、全部話してくれ。君は何を望んでいるのか」

「全部……」

「そう。君の望みを、全部。こんなものまで用意して、僕らに何をさせたい？」

「………」

エレンがお兄ちゃんのまっすぐな視線を正面から受け止め、何やら逡巡する。

そして一つ息をつくと、自らの思いを確認するかのようにゆっくりとそれを口にした。

「この国の民にはまだ、食を楽しむという概念がない。だから当然なのかもしれないが、この国には食事をするための店がない」

「えっ!?」

予想だにしていなかった言葉に、私は思わず声を上げてしまった。

食事をするための店が――ない!?

「それって……」

「食事ができる店はある。パブ――酒場だな。そして宿屋。あとは、紳士の社交場であるコーヒー・ハウスは軽食のようなものが置いてあるところもある。だが基本的にはすべて『食事をするための店』ではないんだ」

「そう……なんだ……」

私は呆然としたまま、お兄ちゃんの袖を引っ張った。

「私たちの世界でもそうだった？　たとえば、中世ヨーロッパはどうだったの？」

「営業時間が固定で、客がメニューから好きなものを選んで注文するっていう形式の――いわゆるレストランができたのは、十八世紀の後半だったはず」

「レストランができる前は？」

「ここと同じかな。宿屋で食事はできたけど、それは旅行者向けの施設で地域住民が食事をする場所じゃなかった。ほかにも酒場はあったけど、それは男性のためのもので、女性や子供が出入りできるようなところじゃなかった……はず」

「じゃあ、飲食店はまったく？」

「中世あたりで、特定の料理だけを出す店は存在したって話を聞いたことがあるかな？　豚肉料理だけを出す店、ロースト料理だけを出す店、みたいな。そのぐらい？」

「そうだったんだ……」

　街に飲食店がないなんて私にはまったく想像つかないけど、私たちの世界でも飲食店の歴史は思ったより浅いんだね。知らなかった……。

「だから、ジュリが飲食店を営んでいると言った時には驚いたし、その料理を食べたら、さらに驚愕した。これぞ人を幸せにする料理だと思った。なんて素晴らしいんだと……。この国にもほしいと思った。人を幸せにするための店が！」

　エレンがまっすぐ私たちを見つめて、拳を握り固める。

「もちろん、目指すは各家庭で食を気軽に楽しめるようになることだ。しかし、それには時間がかかるだろう？　そもそも民に、食を楽しむという概念自体がないのだから」

「そうだね？」

「だったら、まずはその手本となる店を作るべきなのかもしれない。だが、それも難題だ。手本となる店をどうやって作る？　食で人に幸せを届ける店――。この国には、もちろんそのノウハウがない。だから……」

「……なるほど」

　エレンの視線を受け止め、お兄ちゃんが頷く。

「つまりエレンは僕たちに、この国の人たちが家庭で安価で気軽に楽しめる料理を考えて、広める手伝いをほしいのと、安価で気軽に楽しめる飲食店を作る手助けをしてほしい――そういうことだね？」

「そうだ」

「じゃあ、エレンは本当にいい人材を引き当てたよ。料理は僕、市場調査や経営は樹梨、僕らはその二つの望みを叶えるために必要なスペシャリストだ」

　そのままお兄ちゃんはトンと胸に手を当てると、不敵に笑った。

「任せて」

◇＊◇

「う、わぁっ……！」

街は心地よい喧騒《けんそう》に包まれていた。

夕飯までにはまだ少し間があるという時間帯――。子供たちは、通りではしゃぎ回り、お母さんはせっせと食事の用意をし、お父さんは仕事を片づけはじめる。

それは、国が違おうと、世界が違おうと、どれだけ時代を経たとしても、変わらない。

あちこちから漂ってくるとても美味しそうな香りに、お腹がはしたない音を立てる。

灰色がかったクリーム色の石灰岩を使った石造りの家々が身を寄せ合うように並ぶ――私たちからしたら異国情緒にあふれた石畳の通り。外国映画の中に迷い込んだみたいで、とても素敵だった。

王都は、丘陵地《きゅうりょうち》を利用して作られたらしく、中心部へ行くほど平坦な道は少なくなり、くねくねと曲がった急勾配《きゅうこうばい》となる。子供にも妊婦さんにもお年寄りにも優しくないけれど、ダイエットと健康には一役買っていると思う。――あ、そうでもないか。一番高い場所に王宮が。それを囲むように高台は貴族の邸宅が並んでいるから、尊い身分の方々は馬車を使うもんね。

「ここが、王都……」

目に映るすべてがもの珍しくて、キョロキョロしてしまう。

あんまり不審な行動はしないほうがいいんだけどね？　私たち、一応違法な存在だから。

わかっているんだけど、やっぱり好奇心は抑えられない。

「さぁ、ここだ」

　エレンが足を止め、目の前の石造りの大きな家を示す。

　何やら看板のようなものがかかっているけれど――当然その文字は読めない。

「ここは？」

「宿屋だな。一般市民向けの宿の中ではわりと食事がよくて、質がいいとされている」

　そう言って、エレンが木のドアを開ける。

「いらっしゃい！」

　瞬間、元気のいい声が出迎えてくれる。

　私はエレンに続いて中に入って、ぐるりと視線を巡らせた。

　食堂――に見えた。

　スタンディング――いわゆる立ち食いタイプのカウンターに、同じくスタンディングの丸テーブル。座るタイプの四人用のテーブル席が三つに、大人数用のテーブル席が一つ。

　木の温もりが感じられる素朴な店内は、掃除が行き届いていて清潔感にあふれている。暖色系の明かりの効果もあって、ほっこりと落ち着く雰囲気だ。

「一階が食堂、二階が宿泊部屋。王都ではよく見られるタイプの宿だ」

　エレンがそう説明してくれている間に、人のよさそうな店主さんがやってくる。年齢は五十歳そこそこだろうか？　笑顔がとても素敵なおじさまだった。

「食事だけ頼みたいんだが」

エレンの言葉に、店主さんがニコニコしながら頷く。

「はい、今日はチキンの煮込み料理になりますが、よろしいですか？」

「ああ、三人分頼む」

「では、お好きな席にどうぞ」

言われるまま、奥のほうの四人席へ。

「料理は一種類なの？」

「一種か二種が普通だな。こういう場所では『出されたものを食べる』が基本だ」

「そうなんだね……」

もったいないなぁ。旅って言ったら、その地方の名物料理とか食べたいものだよね？

そういったものをしっかり押さえておいたら、宿としての満足度も——とそこまで思って、
私はハッとして首を横に振った。違う違う、そうじゃない。まずその名物料理ってものがないんだった。食文化が発達してないから。

「はい、おまたせ」

すぐさま、ドンと大皿に大盛りの料理が運ばれてくる。三人分の取り皿と。

私とお兄ちゃんは取り分け用のカトラリーを手に取ると、その大皿を覗き込んだ。

「赤いね。トマト煮かな？　なんか薄そうだけど、香りはそれっぽいような？」

「うん、香辛料っぽい匂いもしないから、たぶんそうだと思う」

「チキンは、部位がごっちゃに入ってるみたいだね」

「そうだね。ぶつ切りにしてぶっこむって感じだな」

「お野菜は、にんじんに玉ねぎ、これはポワローかな？　あとはじゃがいも？」

煮込みというよりは、赤く色づいたスープといった感じだった。具は赤と白のお野菜にぶつ切りの鶏肉。

まずはスープをお皿に取って、香りと味をたしかめる。

「うん、トマトだね」

「薄いけどそうだね」

私は頷いた。

「お水に、トマトと具になるお野菜と鶏肉を入れて煮ましたって感じじゃない？」

「間違いなくそうだろうね。鶏肉が骨ごと入ってるし、野菜からも出汁《だし》が出るから、一応スープと呼べるしろものにはなりましたってところかな？　煮込み料理かと言われると、ちょっと首を捻《ひね》らざるをえない。でも、長時間火にかけてはいたんだと思うな」

お兄ちゃんが野菜とお肉を自分のお皿に取り、フォークを当てる。

「お肉がホロホロ食感を通り過ぎてパサパサになっちゃってるから。トマト以外の野菜の煮込み時間は悪くないけれど、これはあと入れみたいだね」

「そうだね、あきらかにお肉は火を通し過ぎてるよね」

フォークでほろりと崩れるぐらいが理想なんだけど、逆にカチカチになっている。

よくもまぁ、ここまで火を通したなって感心するぐらい。

「これが標準的な……いえ、いいほうとされている店の料理なのかぁ……」

思わずため息をついてしまう。

「くまねこ亭のご飯を食べさせてあげたい……！」

「ああ、それだが、そのお前たちの店をこの異世界でも出すというのは駄目なのか？」

一人だけもりもり食べていたエレンが、ふと手を止めて私たちを見る。

「駄目じゃないと思うけど、エレンが望んでる『食文化を作る』『飲食店を広める』点で意味があるかどうかは疑問かな」

お兄ちゃんがそう言って、私を見る。

「うん、むしろ邪魔になっちゃうかも？」

「……！　そうなのか？」

私は頷いた。

「調理器具などの技術がまったく違うのはもちろんだけど、何より通貨が違うのが問題。通貨が違うから当然だけど、金銭感覚もものすごく違う」

「お前たちの国の料理は、この世界の民には手が出ないほど高価ってことか？」

「ううん、逆。この世界では金貨や銀貨が使われているけれど、私たちの世界ではそれはもはや硬貨に使えるような金属じゃないの。もっと希少で高価なものなのよ」

　私は少し考え、ピッと人差し指を立てた。

「だからたとえば半月銀貨一枚でも、私たちの世界ではかなりの価値になるの。エレンに食べてもらった自家製ハンバーグが余裕で食べられるぐらい」

　半月銀貨とは、文字どおり半月の形をした銀貨のことだ。つまり、普通の銀貨の半分の価値の銀貨。

　エレンが目を丸くする。

「半月銀貨一枚で？」

「そう、でもこの食事でも半月銀貨一枚というわけにはいかないでしょ？」

「銀貨三枚は行くな」

「一人前で銀貨三枚？」

「そうだ。それが相場だな」

「じゃあ、私たちからしたらいつもの六倍の値段で売ることになるんだもの。正直すごくいい商売だよ。でも、それはあくまで私たちが向こうの世界の人間だからだよ」

　私たちだけのことを考えたら、悪くない話だよ。いいお小遣い稼ぎになると思う。

でも、エレンが望むことを考えたら——それは絶対によろしくない。

「ここでは銀貨三枚が妥当なのだとしたら、その相場を崩しちゃ駄目。これから飲食店を増やしていきたいのなら、なおさらだよ。半月銀貨一枚でハンバーグを食べさせてくれる店がある場所で、銀貨三枚取るお店が広まっていくと思う？」

「……！　あ……」

「ね？　美味しいものを出す店があれば、みんながそれを食べて幸せになれば、食文化が育つわけじゃない。飲食店が増えていくわけじゃない。そんな簡単なことじゃない」

料理が美味しいだけじゃ駄目。その料理が人々の生活に取り入れられなきゃ意味がない。だから、材料や調味料を、異世界から持ってくるわけにはいかない。ここにあるもので、ここの価格をもとに、レシピを作らなきゃ。

調理だってそうだ。この世界の一般的な調理器具で、この世界の人たちが簡単にできる調理方法じゃなきゃ、広まるものも広まらない。

そしてここの地価なども視野に入れて、経営シミュレーションをしなくちゃいけない。この世界の人たちが同じように店を出してもやっていけるように、計画を組み立てなきゃいけない。

そういったことを無視して、美味しいものを出すだけの店を作っても、意味がない。

「でも、やりたいよ。正直言うと、ものすごく。だってこの世界は、私にとって真っ白なキャンバスのようなものだもの」

食文化が育《はぐく》まれていない。飲食店らしい飲食店もまだない。

そんな世界で、一から食文化を作り上げていけるんだよ？　飲食店をプロデュースして、それを国中に広めていけるんだよ？

飲食店経営者として、これほど面白いことある？　ワクワクすることがある？

ううん、ないよ。正直、私の力を試してみたくて、ウズウズしてる。

「だけど、私が興味本位で好き勝手していいわけがない。そうでしょ？　ここは、ここに住む人たちのものだもの」

「ジュリ……」

「くまねこ亭をやるにしても、エレンの望みをサポートする形じゃないと駄目だよ」

決して、それを妨げるような真似をしちゃいけない。

にっこり笑ってそう言うと、エレンもまた目を細める。

「ジュリはやりたいと思っているんだな？」

「うん、それは今言ったとおり」

「じゃあ、俺の望みは三つになったな」

「え……？」

「この国に食文化を作ること。食事を楽しむという概念と、そのための店を広めること。この国にいて、お前たちの店の味がいつでも食べられるようになることだ」

エレンの悪戯っぽい笑みに、お兄ちゃんと思わず顔を見合わせる。

お祖父さんが作り上げて、お父さんが受け継ぎ、守り、お兄ちゃんがさらに進化させたくまねこ亭の味。

それが、この世界に――!?

「っ……」

心臓が早鐘を打ち出す。

本当に、そんなことができるのだろうか？　やって――いいのだろうか？

思わず身を乗り出した、その時だった。

「ふざけるな！」

激しい怒号とともに、ガチャンと何かが割れる音が店内に響き渡る。

私たちはハッとして、声がしたほうへと視線を走らせた。

「なんだ？」

カウンターの前で、店主さんが怯えたように頭を抱えていた。

その正面には、兵隊さんだろうか？　チェインメイルを身に纏った男の人が。

「なんだとぉ!?　もう一回言ってみろ！　こらぁっ！」

「ひ、ひぃっ……！　も、申し訳ありません！　そ、そんなつもりじゃ……」

「俺ぁこの街を守ってる衛兵だぞ！　俺のおかげで安心して暮らせるんだろうが！」

「そ、それはもちろん……」

店主さんがブルブル震えながら、何度も頷く。

男の人はかなり酔っぱらってるようだった。ろれつが回っていない。顔も首も真っ赤で、足もとはふらついている。

店主さんが何か粗相をしてしまったのだろうか？　料理を床に落としてしまったとか？

たしかに、男の人の足もとを割れたお皿と飛び散った料理が汚しているけれど。

お兄ちゃんと視線を交わし合うと、男の人がとんでもないことを口にする。

「だったら、優遇されてしかるべきだろうが！　誰も払わないとは言ってねぇんだ！」

「で、ですが……も、もう二か月近くも……。き、金額も、結構溜まってますし……」

「なんだぁ？　払うって言ってるだろうが！　俺が信用できねぇってのか！」

その言葉に、思わず目を見開く。

え？　ツケを払ってほしいって言われて激高してるの？

「わ、わかりました！　で、では、いつ……？」

「こっちが払おうと思った時だよ！　当たり前だろうが！」

「そ、そんな……！」

「だいたい、こんな不味い料理で俺から金をとること自体がおかしいだろうが！」

そう叫んで、足もとを汚している料理を思いっきり踏みつける。

私は思わず立ち上がった。

「……！　樹梨！」

お兄ちゃんが慌てた様子で私を制止すべく腕をつかんだけれど、もう止まらなかった。

「ちょっと！　いい加減にしなさいよ！」

叫んだ瞬間、店内にいた全員の視線が私に向けられる。

もちろん、その男の濁った目も。

「なんだぁ？」

「どんな職業だとか関係ない！　買ったものにお金を支払うのは当然のことでしょう！　それなのに、大声で脅して融通させるなんて！　あまつさえ料理を踏むなんて最低っ！」

だけど怯《ひる》まず、私はまっすぐに男をにらみつけた。

「街を守る衛兵？　それは立派な仕事よね。でも、だったら、ごろつきと同じ――ううん、ごろつき以下の行いをして恥ずかしいとは思わないの？」

「んだとぉ!?　もう一度言ってみろ！　女ぁ！」

「はぁ？　もう一度言ってほしいの？　なんで？　聞こえなかったの？　耳でも遠いの？　そんなお年寄りには見えないけれど！」

私は小馬鹿にするように笑ってやった。脅せば黙ると思ってたら大間違いなんだから！

「アンタが脅しているのは、その守るべき人でしょうが！」

男がグッと言葉を詰まらせた瞬間、エレンがパンパンパンと手を叩く。

「ジュリの言うとおりだ」

「なんだぁ？　若造が！」

「若造のほうがマシだろうよ。立場をたてに料金を踏み倒そうとするケチ野郎よりは」

「なっ……」

男が赤い顔をさらに赤らめる。

「な、なんなんだ！　お前ら！　舐めた態度取ってると……」

男が腕を捲ったところで、エレンが笑みを浮かべて、唐突に話の方向性を変える。

「まぁ、だが、衛兵がいつも俺たちを守ってくれているのもたしかだ。ということで——一つ賭けをしないか？」

「あん？　賭けだぁ？」

不審げに眉をひそめた男を見つめたまま、エレンがさらに笑みを深める。

「そうだ。その店主と、お前に口答えした生意気な女とその兄で、料理を作る。そうだな、お題は、お前の足もとで無残な姿を晒しているのと同じチキンがメインの料理にしようか。それを、今この店にいる全員に食べてもらおう」

そして、綺麗な人差し指を立てて、朗々とその声を響かせた。

「そのうち一人でも不味《まず》いと言ったら——お前の今日までのツケは全額、俺が払おう」

「……！　なっ……!?」

予想だにしていなかった言葉なのだろう。男が目を丸くする。

「だが、全員が美味いと言ったら、お前は店主に頭を下げろ。そして、今日までのツケは全額、一週間以内に支払え。そして今後一切、この店でツケで食事をしないと誓うんだ」

「は……！」

男はエレンを馬鹿にするかのように、天井を仰いで高らかに笑った。

「馬鹿なのか？　お前、それを食ったんだろうが。ここにいる全員が美味いと言ったら？　そんなことあるわけねぇだろうが！　ここのメシは、ほかに比べりゃ悪くねぇ程度だ！　そもそも宿屋のメシなんざ、美味いもんじゃねぇんだよ！」

「なんだ、親切だな。ツケを全額支払うことになるぞって警告してくれているのか？」

それに対してエレンも、負けず劣らず憎らしいほどの笑顔で、男を最大限挑発する。

「だったら、怖がることはないだろう？　お前に有利過ぎるぐらいなんだ。乗って来いよ。それとも、勝ち確定の賭けにBET《ベット》できないほど、衛兵ってのは臆病者なのか？」

「〜〜〜っ！　言わせておけば！」

男はギリギリと奥歯を噛み締めると、ビシッとエレンを指差した。

「ああ、いいだろう！　約束は守れよ！　小僧！」

「ああ。その言葉、そっくりそのまま返す」

勝手に話を決めて、エレンがようやく私たちを振り返る。

そして、突然のことにポカンとしている私とお兄ちゃんを交互に見て、不敵に笑った。

「さぁ、アレを黙らせてやれ」

「か、勝手なことを……」

お兄ちゃんがやれやれとため息をつくも、それはスルー。

「樹梨の得意な土俵に連れ込んでやったんだ。腕力では勝てやしないだろう？　あんまり騒ぎになるのも困る。ここにいる俺は世を忍ぶ仮の姿だし、お前たちも本来ここにいてはいけない人間なんだ」

「それもだいたいエレンのせいだけどね？」

そのツッコミも、あっさり無視。

「そこまでお膳立てしてやったんだから」

その代わり、それだけ言って親指を下に向けた。

「確実に潰せよ？」

「…………」

王子の言葉じゃないんだよなぁ。

私たちはため息をついて、顔を見合わせた。

「お題は、チキン料理」

「使えるのは、この店にある材料と調味料だけか」

「調理器具も、この店のものだけってことになるね」

「となると、火加減が難しくないものがいいけど、スピードもほしい」

「そうだね。あの人はともかく、ほかの方々を長いこと拘束するわけにはいかないもの」

おっと。これは――なかなか厳しい条件だ。

「あの人、この街の衛兵って言ってたよね？　この街の人なのに、宿屋で食事してるの？

それも、結構ツケがたまってるような感じだったけど」

私の言葉に、エレンが興味なさそうに肩をすくめる。

「独り身なんじゃないか？　だから、宿屋か酒場で食事をとっているんだろう」

「そういう人もいるにはいるんだ？」

この世界では、基本的に食事は家でするものって言ったけど。

「ごく稀《まれ》にな。料理が壊滅的にできない人間とか。普通は金がかかるからしないが」

ああ、なるほど。お金が続かないからツケを強要していたわけだ。

私はあらためてお兄ちゃんを見ると、きっぱりと言った。

「あの態度は許せない。料理を踏んだのも――絶対に！」

「……気持ちはわかるけど、ああいう輩に一人で突っ込んでいくのはやめてくれ。心臓がいくつあっても足りないから」

「ごめんなさい……」

でも、黙って見てることなんてできなかったんだもん。

素直に謝ると、お兄ちゃんが仕方ないなとばかりにため息をついて、私の頭を撫でた。

「じゃあ、まずは店主さんのケア」

「はい！」

しっかり頷いて、私は突然の事態にオロオロしている店主さんのもとに駆け寄った。

「大丈夫ですか？」

「え、あ……あの……私は……」

その顔は青ざめ、握り合わせた手はまだブルブルと震えている。

私はその手を両手でそっと包み込んだ。

「変なことになっちゃってごめんなさい。だけど——安心してください。私たち、絶対に勝ちますから」

きっぱりと言うと、店主さんがハッと身を震わせて私を見る。

「か、勝ちますって……」

「たまりにたまったツケ、全額払ってもらいましょう！　ね？」

店主さんににっこりと笑いかけると、私の後ろで男が「は！」っと鼻で笑って「できるわけがねぇ！」と言う。

カチンと来たし、言い返してやりたいけど、頑張ってスルーする。まずは、店主さんに落ち着いてもらうことが先決。

私は顔面の筋肉を叱咤《しった》しつつ、さらに綺麗な笑顔を浮かべて見せた。

「店主さん的には、私たちが勝っても負けてもツケは全額支払われる約束なので、絶対に損はありません。ドーンと構えていてください」

「で、でも、私はともかく、あなたたちが……」

少し落ち着きを取り戻した店主さんが、心配そうにエレンのほうを見る。

「か、かなりの額なんですよ？　それを背負うことになったら……」

「ああ、心配してくださってありがとうございます。でも、大丈夫ですよ。勝ちますし。万が一負けても、支払い能力はあります」

なんてったって、王子さまですからね。

もちろん、これは内緒だけれど。

「……………」

少しも焦《あせ》ることなくニコニコしている私に、店主さんの震えが止まる。

「わ、わかりました……。で、では……」

「ええ、厨房に案内していただけますか？」

「は、はい。では、こちらです」

厨房に案内してもらって、私たちはさっそく食材棚を見せてもらった。

「や、野菜以外はあまり……今日の分の食材はもうろくに残っていませんが……」

店主さんが申し訳なさそうに言う。あ、大丈夫です。わかってます。だって、冷蔵庫や冷凍庫はないんだもの。常温保存できるもの以外は買い置きがないのは当然だ。

食材棚には、大量のじゃがいもとにんじん、玉ねぎ、にんにく、ポワローが少しだけ、オイル漬けにした小魚、バターと油、いくつかの穀物とパスタといった感じだった。

「樹梨、店内にいた人数は？」

「あの衛兵と私たちを入れずに、カウンターに四名、すべて男性。年齢はあの衛兵ぐらい。一名、異国情緒を身に纏った行商人みたいな方がいたかな？　あとは、奥に年配のご夫婦。全部で六名」

スラスラと答えた私に、店主さんが驚いたように目を丸くする。

「僕らとあの男を入れたら十名、店主さんを入れて十一名か。――店主さん、すみません。肝心のチキンはまだありますか？　ここに見当たらないんですが」

「ああ、はい。それは、地下の貯蔵庫のほうに……。ま、丸鶏が二羽ほど……」

「そうですか、チキンは充分です。その地下の貯蔵庫は、ほかには？」

「基本的に肉を保管する場所なので、今日はそれだけしか」

「あ、わかりました。大丈夫です」

お兄ちゃんは笑顔で頷くと、食材棚に視線を戻した。

「あんまり奇抜な味つけは駄目だ。完全なる未知は、受け入れる側に柔軟性が必要になる。エレンなら問題ないんだけど、ほかの人はな……。とくに年配の方には受け入れられない可能性が高い。『不思議な味』、『食べたことない味』と思わせた時点で、僕らの負けだと思ったほうがいい」

ブツブツと呟きながら、さらに棚を探って——だけど次の瞬間、ふとその手を止めた。

「え……？」

お兄ちゃんは目を見開くと、四角い陶器の容器を手に店主さんを振り返った。

「て、店主さん！　これって……!?」

容器の中には、淡いクリーム色をした四角い物体が。なんだろう？　これ。

「ああ、それはｔａ《タ》ｕ《ウ》-ｆｕ《フ》です。私の晩酌用《ばんしゃくよう》のものですが……」

「えっ!?」

予想だにしていなかった単語が飛び出して、私は思わず声を上げてしまった。

えっ!?　き、聞き間違い？　それとも翻訳魔法のバグ？　豆腐って聞こえたけど!?

「お、お兄ちゃん？　と、豆腐って言ってる……？」

「たぶん、そう言ってる」

「で、でも、豆腐って……！　そんな馬鹿な！」

「いや、そんな不思議な話でもないよ。豆腐の起源はすごく古いんだ。紀元前だよ」

「き、紀元前⁉」

えっ⁉　豆腐ってそんなに古いものなの？　作るのがわりと大変なものなのに⁉

「で、でも、アジアのものでしょ？」

「一応ね。でも、中国に紀元前からあって、ヨーロッパに入っていかないわけないだろ？　ただ、食文化がまったく違うから定着しなかっただけだ。それでも十七世紀には、豆から作られる中国のチーズ『ｔｅｕｆｕ《テウフ》』として本で紹介されたりしているよ」

「そ、そうなの？」

「でも、大豆《だいず》は家畜の餌《えさ》に使われていたからイメージが悪かったみたいで、欧米諸国ではかなり不人気だった。イメージが回復して日常的に食されるまでになったのは、たしかに二十世紀末あたり。それも、基本的に日本の豆腐かな」

「…………」

相変わらず、お兄ちゃんの知識はすごいと思う。

『くまねこ亭』の味を再現するのに行き詰まっていた時、おぼろげな記憶に頼っているから駄目なんじゃないかと、知識と技術を片っ端から吸収していった時期があった。

味の再現に役立ったのかは謎だけど、それでもその知識は間違いなくお兄ちゃんの武器になっている。少なくとも、私はそう思ってる。

「店主さん、これ少し味見をしても？」

「え？　ええ、構いませんが……」

店主さんに断りを入れて、お兄ちゃんがナイフで薄く切る。

なんと言うか、ナイフの入り方を見ると、豆腐じゃないみたい。

お兄ちゃんが私の手の平にも載せてくれたけど——うん。豆腐って感じじゃない。

私はおそるおそるそれを口に入れた。

「……！　チーズみたい。味が濃厚。それに豆腐にしては硬いね？」

食感も、少し柔らかめのプロセスチーズって感じだ。

「発酵系の豆腐だね。しかも、大豆が原料じゃない」

「うん、そう。ナッツみたいな味と風味があるよね」

沖縄のジーマーミ豆腐みたいに、ナッツが主原料だったりするのかも。

「——うん、これは使える」

お兄ちゃんが頷き、思わずといった様子で唇を綻ばせる。

「僕たちの本来の目的からしても、これは大発見だ」

「え……？」

「だってそうだろう？　すでに似た食材、そしてその製法が存在するなら、日本の豆腐を広めることだって不可能じゃない」

「あ……！」

そうか！　豆腐は栄養があってお安い――庶民の味方の食材だもんね！

紀元前から存在していたってことは、この世界の技術レベルでも作れるってことだし、材料の確保さえ簡単にできれば、価格も安く抑えられそう。

「この世界の食文化構築に、いいヒントをもらった。飲食店の普及のほうにもね」

「そうだね！」

私たちは笑い合い――あらためて店主さんに視線を移した。

「よし、いけます！　店主さん、この豆腐を使わせてください！」

「か、構いませんが……」

「あと、今日のチキンの煮込みのスープも。――樹梨」

「はい！」

「スープをいただいて、ポワローの半分を放り込んで煮詰めて。その間に、玉ねぎを二つみじん切りに。しっかりソテー」

「はい！　わかりました！」

「あ、あ！　み、みじん切りは私が！」

元気よく頷いた瞬間、店主さんが手を上げる。

少し迷ったものの――断るのも感じ悪い。覚悟を決めて、お任《まか》せする。

「じゃあ、樹梨は煮詰め作業。時間がないから火力は強く。焦がさないでくれよ」

そう言って、お兄ちゃんが丸鶏の解体をはじめる。的確に素早く、でも丁寧に、鶏肉を部位ごとに切り分けてゆく。

私はスープを片手鍋に取り、ポワローを入れてキッチンストーブで煮詰め作業に入る。

お兄ちゃんはもうキッチンストーブの扱いも慣れたものだけど、私はそりゃ最初よりはマシだけど、やっぱりまだ少し手間取ってしまう。

そうこうしているうちに、店主さんが「できました！」と声を上げた。

「これをソテーすればいいですか？」

えっ⁉　早い！

慌てて振り返ると、お兄ちゃんもまた目を丸くしている。

手もとのみじん切りは——すごい、綺麗だ。え？　私より全然上手いし早いんだけど。

お兄ちゃんを見ると、驚いた様子で「包丁さばきも見事だったよ」と言う。

え？　じゃあ、調理技術はいいものを持ってるってこと？

じゃあ、どうして料理がああも微妙なんだろう？

内心首を傾げてしまう。

「はい。バターでソテーをしてください。絶対に焦がさないようにお願いします」

「わかりました」

店主さんが、お兄ちゃんが指示したとおりに、私の隣に並んでソテーをはじめる。

その手つきも、ぎこちなさは一切ない。無駄な動きもなく、スムーズだ。

だからこそ、ますます不思議だ。

私の視線の先――店長さんがソテーする玉ねぎが綺麗に色づいてゆく。

私はふと気がついて、お兄ちゃんを振り返った。

「あ、お兄ちゃん、簡易的なブイヨンがほしいってことでOK？」

鶏と野菜の出汁が出ていたスープを煮詰めて、さらにポワローと玉ねぎの味を足して、即席ブイヨンを作ろうとしてるんだよね？

「ああ、気づいた？　そう」

お兄ちゃんが、切り分けた腿肉から骨を外しながら頷く。

「了解。じゃあ、店主さん。玉ねぎがしっかり色づいてきたので、こちらにください」

「はい」

店主さんから玉ねぎのソテーを受け取ってスープの中へ投入する。そして、ゆっくりとかき混ぜながら強火で煮詰めてゆく。

店主さんが興味深げに私の手もとを覗き込んでいると、後ろからお兄ちゃんの声が。

「では、豆腐を刻んで、潰して、なめらかになるまで頑張って混ぜてください」

「は、はい」

店主さんがバタバタと戻ってゆく。

入れ替わるように、お兄ちゃんが私の隣へ。

「いいね。じゃあそのまま鍋ごとオーブンに入れて、さらに煮詰めようか。それで、次はベシャメルソースを作っておいて」

「ベシャメルソース？」

ベシャメルソースとは、いわゆるホワイトソースのこと。

ホワイトソースに、ブイヨンに、チーズ風味の豆腐？

「もしかして、モルネーソースを作ろうとしてる？」

モルネーソースは、ベシャメルソースにブイヨンを加えて煮詰めたものにすりおろしたチーズを入れて、最後にバターで風味とコクを足して作るトロリとした白いソースのこと。

そうか、なるほど。たしかに、この豆腐なら充分チーズの代わりになるし、それでいてチーズよりもクセがなくてあっさりしているから、年配の方でも大丈夫だと思う。

そして――モルネーソースは、魚料理にも肉料理にもオーブン料理にも煮込み料理にも幅広く使われるソースだ。おそらくみんな知っているはず。未知のものとはならない。

でも、既知《きち》のものは既知のもので、ほかと比べられるから『美味しい』と言わせるのはそれはそれで難しいと思うんだけど。

少し心配になってそう言うと、しかし予想に反して、お兄ちゃんは首を横に振った。

「勝負はソースじゃない、鶏肉のほうだ」

その言葉に、私はびっくり。

「えっ⁉　と、鶏肉のほう⁉　ちょ、ちょっと待って！　だ、だって、普通の鶏肉だよ？　若鶏じゃない感じだけど、それ以外は普通の……」

調理法だって、腿肉を均一の厚さになるように切り開いて、すじ切りして、しっかりと塩コショウで下味をつけて、皮目がパリッとなるようにソテー。それだけじゃない。

「うん、下味をつける前に、ポワローを絞ったエキスを入れた水を揉み込んでいるけどね。若鶏じゃないから。でも、たしかにそれだけだ。——それで勝てる」

「まさか！　いくらなんでも……」

焦る私に、だけどお兄ちゃんは余裕だ。鶏肉を見つめたまま「大丈夫」と言う。

「イギリス料理は不味いってイメージがあるのは知ってる？」

「え……？　ああ、うん。聞いたことはあるけど……」

「イギリス料理自体は不味くはないんだ。日本でも定着している美味しいイギリス料理はたくさんある。代表的なのは、ローストビーフ、ミートパイ、サンドウィッチとかね？　フランスのアシ・パルマンティエによく似たシェパーズパイ、スコッチエッグ、スコーン、マフィン、カスタードプディング。カレーもそうだ。日本のカレーは、イギリスのそれがベースだからね」

「うん、そうだよね」

なぜイギリスの話をはじめたのか、お兄ちゃんの意図がわからず戸惑いながらも、頷く。

お兄ちゃんは、鶏の皮から出る余分な脂をほかの容器に移しながら話を続けた。

「じゃあ、どうして不味いって言われるのか。火を通し過ぎるうえに、味つけをほとんどしないことが一因《いちいん》として挙げられる」

「火を通し過ぎる？」

「そう。野菜は食感がなくなるまで煮る。肉も魚もジューシーさが抜けるまで焼く。揚げものは表面が黒くなるまで揚げる。麺《めん》はブヨブヨにふやけるまで茹でる。食材本来の味や食感を残さないほど加熱するんだ」

「ど、どうして!?」

なんでそんなことするの!?

「ま、まるで、不味くするために調理してるみたいな……」

「諸説あるけれど、産業革命以降の労働者の生活水準と物流の問題かな？　労働者階級の賃金では、新鮮な食材の入手が難しかったのと、家族総出で働いているから、毎日の食事作りに時間や手間をかけられなかったんだ。だから、まぁ……粗悪な食材でもしっかりと火だけは通せばなんとか食える！　みたいな……」

「ええ……？」

「当時は菌《きん》の概念もなくて、何度で何分加熱すれば菌が死滅するとかわかってなかったし、だからとにかく火を通しまくれってなっちゃったんだよ。昔の人ほどそれが顕著だけど、今でも必要以上に火を通す人はわりと多いって話」

「味つけをしないって言うのは？」

「手もとで、自分好みの調味料をかけて食べるから」

「ええっ⁉」

たしかに、ここのテーブルにも調味料がセッティングされていたけれど。でも、いくらお客さまが調味料を好きに使えるからって、味つけしないって判断になる？

信じられない言葉に呆然としていると、お兄ちゃんが「火を通し過ぎる理由の一つにもなってるんだけど」と言いながら、チラリと私を見た。

「貴族の間でも、日曜日は、牛を一頭屠《ほふ》ってローストビーフやステーキにして食べるって習慣があって、だけど一頭分の牛肉なんて一日で食べきれないだろ？　だから結果として、食べ切るまで何度も火を通し直したり、それによって味が落ちた肉をさらにほかの料理に加工して食べることが多かったんだよ」

「き、貴族ですらそんな感じだったの？」

「そう。だから、最初からしっかりと味つけをしてしまうと、そのあとが困るだろう？」

「あとで味変することが確定なら、そうなるよね」

「そう。ここでもスープはほぼ素材の味のみ、あと入れの野菜以外はすべて煮溶けるか、その寸前。さらに、一番あたる可能性が高い鶏肉はカチコチになるまで火が通されてる。それでも誰も……エレンですら、文句を言わない。それが当たり前といった風情《ふぜい》だった」

「……！　たしかに」

「冷凍技術がないうえ、電車や車や飛行機があるわけじゃない。食材の流通にかんしては、産業革命時のイギリスよりも悪いと思ったほうがいい。それらを総合すると……」

「イギリスと同じ現象が起きてるって思ったってこと？」

お兄ちゃんがニヤリと口角を上げ、頷く。

「だったら、簡単だ。鶏肉の美味しさを最大限引き出すだけでいい」

「あ、そうか！　皮がパリパリ、お肉はプリプリ、肉汁ジュワ～なジューシー鶏肉料理を普段食べてないから……！」

それだけで、『これは美味しい！』って驚きになっちゃうってことだ！

「そう。だけど、間違いなくいつも食べている鶏肉の味だ。未知と既知を同時に味わう。これで勝てるはずだよ」

「っ……！　お兄ちゃんすごい！　頭いい！」

思わずパチパチと拍手すると、お兄ちゃんが「理解した？　じゃあ、すぐにベシャメルソースの用意」と言う。――いけない。忘れてた。

「すぐに！」

バターと小麦粉を取って来て、慌ただしく用意をはじめる。

「店主さん、豆腐はどうですか？」

「ええと、だいぶなめらかになりました」

店主さんがボウルを手に駆け寄ってくる。

その中身を確認して頷くと、お兄ちゃんは私と店主さんを見て不敵に笑った。

「さぁ、勝ちに行こう」

◇＊◇

「お待たせいたしました。チキンのソテー、豆腐モルネーソースでございます」

にっこり笑顔で、みなさんの前にお皿を置く。

お皿の上には、一口大にカットされたチキンが二切れ。

ぷりんと肉厚な身。こんがりとキツネ色になったパリパリの皮。その上にかけられた、トロリと白いモルネーソース。

「あぁん？」

衛兵の男が眉を寄せ、お皿を覗き込んだ。

「舐めてんのか！　チキンを焼いただけじゃねぇか！」

――目が腐ってるの？　モルネーソースが鶏肉を焼いただけでできるわけないじゃない。

そう思えど、口には出さない。いちゃもんをまともに受け取っちゃ駄目。

「仮に焼いただけだったとしても、ルール違反ではございません。お題はチキン料理です。それ以上の指定はございませんでした」

「焼いただけで勝てるとでも思ってんのか！」

「あら、心配してくださるんですか？」

顔の筋肉を総動員して笑いかけると、衛兵の男がグッと言葉を詰まらせる。

「お客さまからしたら、そこは勝ったと――ツケを全額支払ってもらえる、やったぜと、喜ぶべきところなのでは？」

まぁ、それはぬか喜びなんだけどね？　勝つのは私たちだから。

それを抜きにしたって、料理に文句を言われる筋合いはない。

「…………」

男が忌々しげに舌打ちして――しかし、それ以上反論できなかったのだろう。そのまま黙り込む。

私はくるりと回れ右すると、ほかのお客さまを見回して恭しく頭を下げた。

「どうぞご賞味《しょうみ》くださいませ」

カウンターの好奇心の強そうな若い男性が、さっそくチキンを口に運ぶ。

「っ……！　美味っ……！」

「えっ⁉　これチキン⁉」

若い男性が思わずといった様子で叫ぶのと同時に、行商人風の男性も驚いたように目を丸くする。

皮はパリッと歯切れがよく、楽しい食感。噛むごとに鶏の良質な油があふれ出す。

肉はぷりんと弾力があり、だけど柔らかジューシー。口いっぱいに肉汁が広がって――まるで旨味の爆弾だ。

モルネーソースはトロリと舌触りなめらかで、ミルクとバターとチーズの香りとコクがたまらない。濃厚なのに、だけど後味は驚くほどさっぱり。

三種類の食感と三種類の味が織り成す六重奏《セクステット》――。

「まぁ、美味しいわ……！」

「本当だね、すごく美味しい。こんなチキンははじめてだ」

老夫婦も顔を見合わせて、微笑み合う。

エレンもまた、一口食べて満足げに目を細める。

「っ……⁉」

予想外の反応だったのだろう。衛兵の男が動揺した様子で店内を見回す。

シンプルな料理だからこそ、ダイレクトに料理人の実力が出る。

この街に、お兄ちゃんほどチキンソテーを美味しく作れる料理人はいないだろう。

「っ……」

ひどく誇らしい気分になる。

ああ、私のお兄ちゃんはやっぱりすごい！

思わずお腹の前で両手を握り合わせた時――パンパンパンと拍手の音が店内に響く。

私はハッとして、ぐるりと視線を巡らせた。

「いやぁ、すごい！　こんな美味いチキンを食べたのははじめてだよ！」

拍手のぬしは、行商人風の男性だった。

「あ、ありがとうございます！」

「お礼を言うのはこちらだよ。サービスでこんなにいいものを食べさせてもらえるなんて。ありがとう、お嬢さん」

「ああ、ええと、料理人は兄です。噛みついたのは私ですが、手伝った程度でして」

「おや、そうですか。では、お兄さんに最大の賛辞《さんじ》を。さぁ、美味しいと思ったみなさま、素晴らしい料理人を拍手で讃えましょう！」

行商人風の男性が声を上げると、衛兵の男以外の全員が拍手をする。

店主さんとともに隅にいたお兄ちゃんは、少し恥ずかしそうにしながら頭を下げた。

衛兵の男は「そ、そんなわけ……」などと言いながらチキンを口に入れて――そのまま黙り込んでしまった。

酔いはすっかり冷めたらしく、みるみるうちに顔が色を失っていく。

けれど――文句のつけようなどなかったのだろう。悔しげに顔を歪めて、肩を落とした。

「……俺の負けだ。ツケは明日、全額払う」

男の敗北宣言に、思わず小さくガッツポーズをしてしまう。やった！

私は勝利に酔いしれながら、身体ごと店主さんのほうを向いた。

「店主さん、ツケの計算をお願いいたします！」

「あ……は、はい！」

ポカーンと成り行きを見守っていた店主さんが、慌てて奥へと入ってゆく。

私は再び衛兵の男に近づいて、小さく頭を下げた。

「あの、ありがとうございました」

「あぁん？」

男がなんのことだとばかりに目を見開いて、それから不愉快そうに眉を寄せた。

「なんだよ……。嫌味か？」

「いいえ、私事《わたくしごと》なので詳しくは言いませんが、この一件で大きな発見があったんです。これからに繋がる重要な気づきでした。ですから、ありがとうございました」

この世界に食文化を作るために、飲食店を広めるために、とても重要な――。

豆腐にかんしてもそうだけど、もう一つ――チキンソテーを味見した店主さんの一言で、パァッと視界が開けた。

ぼんやりとあった『できたらいいな』が、明確な夢になった。

それは、間違いなくこのトラブルがあったからこそ。

再度頭を下げると、男が苦虫を噛み潰したような顔をして、そっぽを向く。

「よせよ。礼なんか言われちゃあ、どうしたらいいかわからねぇ」

そして、小さな声でポツリと呟いた。

「……悪かったな。お嬢ちゃん。美味いよ、コレ」

「っ……」

その一言に、胸がいっぱいになる。

「ありがとうございます。これからの私たちに、何よりの言葉です」

店主さんがこちらに駆けてくる。

私はもう一度頭を下げて、エレンのもとに戻った。

「――よくやった」

生意気な王子さまが、向かいの席に腰を下ろした私たちを見てひどく満足げに笑う。

「お前たち、褒めて遣わす」

「『言い方』」

絶対、ほかに言い方あるよね。

そう言いつつ、私もお兄ちゃんもニコニコが止まらない。

もちろん賭けに勝ったこともだけど、それ以上にみなさんがくださった賞賛が嬉しくて。

ああ、やっぱり私たちにとって、『美味しい』の一言は何よりの心の栄養だ。

ご機嫌な私たちに、エレンも微笑む。

「なんだなんだ、どうした？　お前たち。完膚なきまでに打ち負かしただけじゃないな？

何やら満ち足りた顔をしているじゃないか」

「うん」

「えへへ」

私とお兄ちゃんは笑い合うと、イェイと軽くハイタッチした。

「私たちの目標について、大収穫がありましたよ。王子さま」

第三章　優しく深い絆の、とろとろ親子丼？

「これが、トーフか」

翌日――日曜日。私たちは、さっそく豆腐を用意して召喚に臨《のぞ》んだ。

「これが大豆だと……？」

エレンがもの珍しそうに豆腐を見つめて、指でつつく。

「そう。それが木綿《もめん》豆腐。調理せずそのまま食べられるけど、ものすごく淡白な味だから、それが口に合うかはちょっとわからない……かな」

「そうなのか？」

「でも淡白だからこそ、いろいろな料理に使えるの。こちらの人たちの口に合うようにも料理できるから、そこは安心して」

味的には、間違いなくこの世界でも定着すると思う。問題は材料とイメージかな。

私がそう言うと、エレンも難しい顔をして頷く。

「大豆はあるし、かなり安値で手に入るが、基本的に家畜の飼料だからなぁ……」

「そこで、まずはエレンの中のイメージを変えようってことで、今日はその豆腐を使った料理だよ」

調理台で盛りつけを終えたお兄ちゃんが、トレーを手にテーブルにやってくる。

そして、エレンの前にたくさんの小皿をズラリと並べた。

「くまねこ亭では、メインより小鉢で使うことが多いかな。白和え二種、あんかけ豆腐、揚げ出汁豆腐、炒《い》り豆腐、肉豆腐、豆腐のマリネ、豆腐南蛮《なんばん》、自家製ひりょうず、あとは豆腐つくねに、豆腐ボール」

「は？　お前たちの店だけでもこんなにあるのか？」

「いや、これでも一部だよ」

そう。冷奴《ひややっこ》とか温奴《おんやっこ》、変わり種冷奴やサラダなんかも合わせたら、もっとある。

豆腐は本当に、無限にレパートリーが作れる万能食材だから。

「なんだと？　これで一部……？」

エレンがポカンと口を開けて、小皿たちをまじまじと見つめる。

「……というか、今の短い時間でこれだけ作ったのか？　すごいな。イッセイは」

「あ、いや、今回は種類が多いから、ほとんどくまねこ亭で作ってきたよ。ここでは温め直したり最後の仕上げをしただけ」

「ああ、そうなのか」

「メインは豆腐ハンバーグと麻婆豆腐《まーぼーどうふ》。あとは、くまねこ亭のメニューではないんだけど豆腐のから揚げと豆腐ステーキも。それらは今作ってる最中だから、もう少し待ってね」

それだけ言って、お兄ちゃんがキッチンストーブの前に戻ってゆく。

私は唖然としているエレンを見つめて、小皿を手で示した。

「メインができる前に、まずはこっちを試してみてくれる？」

「お、おお。まずは、なんだ？」

「白和え。豆腐を使った白い和えものだよ」

固有名詞なので、ゆっくりとはっきりと発音する。

「シラアエ？」

「そう。ほうれん草を使った日本の定番の味と、魚介とアボカドを使った洋風のものと、うちの味は二種類」

魚介はマグロやサーモンを使うことが多いんだけど、こちらでは生魚が手に入りにくいだろうから、今回はボイルした海老《えび》で作った。こちらで再現できそうにないとわかってて試してもらっても仕方ないからね。

「……！　うん、あっさりしているな。悪くはない。だが、少しクセがあるな」

思ってもみなかった言葉に、私は思わず目を丸くした。

「え……？　クセ……？」

「そうだ。定番といったほうだな。洋風のほうにはない」

「洋風にはない……？」

定番の白和えだけに入ってるものってなんだっけ？　具材の違い以外には……。

私はしばらく考えて、ハッと息を呑んだ。

「お出汁とお味噌……？」

嘘！　お出汁ってクセある？

私は慌ててキッチンストーブの前のお兄ちゃんを振り返った。

「お、お兄ちゃん！　揚げ出汁豆腐用のお出汁ちょうだい！」

「え……？」

私たちの話は聞こえてなかったのか、お兄ちゃんがきょとんとした様子でこちらを見る。

説明すると――エレンの言葉は、お兄ちゃんにとっても思いがけないものだったらしい。

ひどく驚いた様子で揚げ出汁豆腐用のお出汁を小皿に取り分けた。

「エレン。クセってこれ？」

エレンがそれを飲んで――しっかり味わったあと、頷く。

「ああ、これだな。かなり独特な味がする。俺には、少しクセが強いように思う」

「……嘘……」

思わず、お兄ちゃんと顔を見合わせる。

「そっか……。西洋料理の出汁《フォン》って……」

「そうだね、魚から取る『フュメ・ド・ポアソン』でも干した魚は使わない」

基本的には、白身の魚のあらと香味《こうみ》野菜で作るものだ。

「盲点だったな……」

そう。お出汁って和食の基本だもの。私たちにとっては当たり前のもので、だからこそ今までクセがあるなんて感じたことはなかったし、考えたこともなかった。

てっきり、すっきりとしたシンプルな旨味で、万人受けするものだとばかり。

「いや、でも不味いわけではないぞ？　それはそれでありだと思う」

「エレンでそんな感じなら、ほかの人はもっとだと思うよ」

そうだよね。未知の味に対して、エレンはすごく柔軟だもの。

そう言うと、エレンが小さく肩をすくめる。

「たしかに個人差はあるが、まったく受け入れられないわけではないと思うぞ」

「まぁ、そうだと思うよ。最初は抵抗あっても、徐々に慣れると思う。僕らの世界でも、そうだったしね」

「あ、そうだね。今や日本食って世界中で大人気だもんね」

生魚を食べる文化がなかった国にも、お寿司屋《すしや》さんあるもんね。

お兄ちゃんの言葉に、少しだけホッとする。

「それはそれとして、まずは豆腐を試してくれるかな」

「ああ、そうだな」

エレンが頷くと同時に、お兄ちゃんが調理に戻る。

私はエレンの前の小皿をササッと入れ替えた。

「じゃあ、お出汁を使ってないメニューからいこうか。豆腐のマリネに豆腐南蛮、自家製ひりょうず、豆腐ボール」

マリネは、豆腐とお野菜をカットして、オリーブオイルとお酢とにんにくなどで作ったマリネ液に漬けておいたもの。これが美味しいの！　くまねこ亭でも大人気だ。

「……！　豆腐はチーズみたいな味だな。美味い。白ワインに合いそうだ」

「次は南蛮豆腐」

簡単に言えば、チキン南蛮の豆腐バージョンだ。豆腐を水切りして、衣《ころも》をつけて揚げて、甘酢タレに浸したものに、たっぷりのタルタルソースをかけたもの。

「はじめての味だ。甘くて酸っぱい。この白いソースがいいな。美味い」

エレンが顔を輝かせて、うんうんと頷く。子供はもちろん、男の人ってマヨネーズ好き多いよね。

マヨネーズって西洋のソースだし、特殊な材料も必要ないうえに作るのも簡単だから、絶対定着すると思うな。

「じゃあ、自家製ひりょうず」

水切りした豆腐を練って、具材と卵や片栗粉などのつなぎを入れて揚げ焼きしたもの。くまねこ亭では生姜醤油で食べるけれど、今日はお塩で。

「外はカリカリ、中はふわふわで、食感が面白い。香ばしさもありながら、優しい」

最後は豆腐ボール。水切りした豆腐に卵と鶏ミンチを入れてよく練って、小さく丸めてフライにしたもの。

「ケチャップをつけてどうぞ」

「おお！　揚げものなのに、これは軽くていいな！　ふわふわ食感は子供が好きそうだ」

エレンが心底驚いた様子で、小皿たちを見回す。

「これだけでも、本当に全然味が違うんだな。いや、味だけじゃない。食感まで」

「そうなの。調理法はほぼ無限なんだよ」

お出汁を使ったものも、順番に試してもらう。あんかけ豆腐、揚げ出汁豆腐、炒り豆腐、肉豆腐、最後は豆腐つくね。

すべて少しずつ食べて、エレンは私を見て大きく頷いた。

「出汁のクセはあったが、どれも美味かったな。個人的には、出汁を使ったものの中ではニクドウフがよかった。甘くて、味が濃い目で」

「基本的に、味は濃い目のほうが受けがいいのかな？」

「そうだな、そう思うぞ。料理自体はほとんど味つけされていないが、自分で好き勝手に調味料をかけるから、結局濃くなる。薄味で食べている人間は少ないように思うな」

「そっか……」

でも、最初から濃い味にするのは、その味がその人にとって受け入れがたかった場合、手もとで味変できないから食べるのキツくなるよね？　そのあたりも考えないとな……。

あれこれ思考を巡らせていると、お兄ちゃんがほかほかと白い湯気の立つお皿を持って戻ってくる。

「はい、お待たせ。豆腐ハンバーグに麻婆豆腐、豆腐のから揚げに豆腐ステーキね」

「おおっ！」

ズラリと並んだ料理に、エレンが歓声を上げる。

「これもすべてトーフなのか？　すごいな！」

「まずはハンバーグとステーキから試してもらおうかな」

「ハンバーグとステーキだな？　どれ」

ナイフで一口大に切って、それぞれ口に運ぶ。

「うん！　この前のハンバーグとはまた食感が違う。ふわふわで柔らかい。これはこれで好きな人間は多そうだ。だが、俺は普通のハンバーグのほうが好きだな」

「あっさりしすぎで物足りない？」

「そうだな。あのあふれる肉汁は最高だったからな。ステーキもいい。正直、カチカチの肉を食うより何倍も美味いと思う」

から揚げも、肉を揚げた料理はあるけれど、それよりも美味しいとのことだった。

そりゃ、『黒くなるまで揚げる』なんてことしてたら、そうなるよね。

「でも、お肉より絶対に安いから、このあたりは広めやすそうだよね」

私の言葉にお兄ちゃんは頷いて、それから悪戯《いたずら》っぽく笑った。

「じゃあ、最後に麻婆豆腐。これはびっくりするよ」

「びっくり？」

エレンは首を傾げつつも、スプーンでしっかりめにすくって、一気に口に入れてしまう。

ああ！　そこは少し警戒しようよ！

「なんだこれ！　舌が痛い！」

スプーンを取り落として、両手で口を押さえて目を白黒させるエレンに、お兄ちゃんがクスクス笑う。意地悪だなぁ、もう。

「辛さは痛覚とイコールらしいからね。辛いものをはじめて食べた人はまず『痛い』って感じるみたいだよ」

「カ、カライ？」

「そう、そのピリピリした感じが、『辛い』だよ」

エレンにお水を差し出すと、それを飲んでようやく一息つく。

「これだけ多彩なメニューがあるとは……。味だけじゃなく、食感もさまざまで面白いな。食べる者の好みに合わせて自在に姿を変える食材というのは、いいな」

「さらにこちらの人の好みに合わせたメニューもたくさん開発できると思うよ」

扱いも難しくないから、各家庭の味を作りやすいし、定着もしやすいと思う。

「一つ、広める主軸の食材があると、食文化も構築しやすいんじゃないかなと思って」

「そうだな、いいと思う」

エレンが大きく頷き、調理をしていない豆腐を見つめて腕組みをする。

「すでに製法は近いものがあって、さらなるノウハウはお前たちから得られる。原材料の大豆も安く豊富に手に入る。豆腐を作ることはわりと簡単だろうな。販売店を作ることも。残る問題は……イメージだな。こちらでは大豆は基本的に家畜の飼料だ。いいイメージを持たれない可能性が高い」

「僕らの世界でも、それは大きなハードルになってたよ」

それでも、健康志向などの影響もあって欧米諸国でも徐々に受け入れられていったけど、こちらの世界では、まだ健康志向なんてその概念すらない。

だから、そこは慎重にプロモーション方法を考えないと。

じゃないと、一度イメージが落ちたら、それが致命傷《ちめいしょう》になりかねない。

「まぁ、そこは追い追い考えるとしよう。――それで？　収穫は豆腐だけではなかったのだろう？」

「うん」

そう――。むしろ、こちらこそが本命だったりする。

私とお兄ちゃんはエレンをまっすぐに見つめて、きっぱりと宣言した。

「私たち、こちらでも『くまねこ亭』をはじめようと思うの」

「……！」

瞬間、思わずといった様子でエレンがガタガタッと立ち上がる。

「それは願ってもない言葉だが……しかし……」

エレンが、嬉しさと戸惑いがまじり合ったような表情を浮かべる。

その気持ちはわかる。昨日、私自身が否定したばかりだもんね。

「うん、私たちはともかくこちらの世界にはメリットがないって話はしたよね？」

「そうだ、だから……」

「でも、昨日の店主さんがね？　チキンソテーを味見して、しみじみ言ったの」

私とお兄ちゃんは顔を見合わせ、声を合わせてそのセリフを復唱した。

「『ああ、これがチキンの本当の美味しさなのですね』」

「は……？」

エレンにとっては、それは普通の言葉だったのだろう。「それがどうかしたのか？」と首を傾げる。

でも、私たちには衝撃だった。

そんなことも知らないで、飲食ができる店をやってたんだって——！

「仮にも、食事を提供している人間の言葉じゃないよ。少なくとも、僕らの世界ではね。だから、その言葉にハッとしたんだ。——そうか。料理に携《たずさ》わる人間でも、そもそも食材本来の美味しさを知らないんだって。そんなことがあり得るんだって」

「……！　あ……！」

「考えてみれば、当然だよ。火を通し過ぎる、味つけをしない。それは古くからこの国で行われてきたことなんだ。個人レベルの問題じゃない。何代も何代も、そうやって料理を作ってきたんだ。つまり、それを当然として食べて来てる」

だからこそ、この国の人は本当に知らない。

適切な火入れで作られた料理を食べた経験がほとんどないから。

食材本来の味を、食感を、そしてその美味しさを——知らない。

「それじゃ駄目だ。家で食事を作るお母さんたちが、店で食事を提供する店主さんたちが、まず食材本来の美味しさを知っていなければ」

「そう。知らなきゃ、それを引き出すことなんてできるはずがないもの」

店主さんがいい例だ。調理技術はそこそこ高いほうだと思う。少なくとも、間違いなく私よりずっと高い技術を持ってる。

だけど――それを知らないから、正解がわからない。美味しい料理を作れない。

お兄ちゃんの言うとおり、それじゃあ駄目だ。

「食文化を作る前に、飲食店を広める前に、そこをクリアしないといけない」

だから、食材本来の味を知ることができる――飲食店をやろうという人たちがお手本にできる店が、絶対に必要だと思った。

『くまねこ亭』が必要だって――。

「しかし、お前が語ったデメリットはどう解決するんだ？」

「うん、そこは考えたよ」

私はにこっと笑った。

「まず値段については、こちらの相場より少し高めに設定しようかなって。一食の相場が銀貨三枚なら、四枚か五枚に。そのあたりは、しっかり市場調査をして決めるけど」

「少し高めに？」

「うん、そう。私たちの国での相場が半月銀貨一枚なことを考えたら取り過ぎなんだけど、それもほかで還元すれば問題ないのかなって」

「ほかで？」

「たとえば、市場調査やメニュー開発のための資金とか。エレンに頼らずにくまねこ亭の売り上げから賄《まかな》う。ほかにも、豆腐みたいな新しい食材を広めるために、それを扱う店を作るために、これから飲食店をやりたいと思う人の教育のために、まだこの世界にはない調理器具なんかの開発のために、その普及のために。何をするにしても資金は必要だから、それに充《あ》てると考えたら、必要経費として多めにとってもいいのかなって」

「なるほど」

エレンが再び席に腰を下ろして、考え込む。

「店の立ち位置的には、憧れの店っていうのもアリだなと思ったかな」

「……！　憧れの店？」

「そう。私たちの国にもあるんだよ。なかなか行けない……手が出ない高級店」

いつか、いつか、この店で食事をしよう。大好きな人と、素敵な時間を過ごそう。

そんな夢を思い描ける――憧れの店が。

「私たちの国では庶民の味方だけど、こちらの国では敷居の高い――いつか味わいたいと誰もが憧れる店にって考えたの」

常にこの国にとって新しい食を提供し続ける店。

記念日に、ご褒美に、特別な時間を過ごすための店。

これから飲食店をやろうと思う人たちが目標とする店。

「それなら、『くまねこ亭』をやる意味があるかなって」

もちろん、平日は私たちの世界で営業しなきゃいけないから、こちらは週末のみになるけれど。

「それなら、これから飲食店が増えていっても邪魔になることはないかなって」

「あえて同列に並ばないということか」

「そう。住み分けができるかなって」

普段の食事は、これからできる飲食店で。記念日や特別な時に、くまねこ亭で。

「だからもちろん、食材本来の味やそれを引き出すための調理技術なんかを広める場所は、くまねこ亭と別に作る必要があるけどね」

「お店だけじゃなくて、たとえば料理教室みたいなものとか？　食卓を預かるお母さんや、これから家庭を持つために料理を覚えたいお嬢さんに、これから店を作るために本格的に調理技術を磨きたい若者にも。そちらでかかる資金は『くまねこ亭』で得るから、格安で。とにかく門扉を広く」

「指針《ししん》となる店と、広めるための場所か」

「そう。最初の開店資金なんかはエレンに負担してもらうだろうけど、その二つで上手く回せるようにシステムを作るから、そうしたら食文化を作るのも、飲食店を広めるのも、どんどんやりやすくなると思う」

いくらエレンが王子さまで経済力があるとはいえ、上手くいく保証もないのに湯水のように資金を使うことなんてできない。私たちもやっぱり気にしちゃうし。

常に資金の心配をしながら——資金の関係でやりたいこともやれないなんて状態じゃ、上手くいくものもいかなくなってしまう。

「広めるための場所は市場調査やメニュー開発のための拠点にもなるだろうから、重要だ。ここでもできないことはないんだけど、やっぱり多くの人の反応を見たいからね」

お兄ちゃんの言葉に、エレンがふむと唇に指を当てる。

「そうか……拠点……。昨日の店主に相談してみるか……」

「あ、それならいいヒントをいただいたし、そもそもあの店の食材を使わせてもらったし、お礼を言いに行きたいんだけど……」

「ツケがちゃんと払われたかも気になるしね、チェックもかねて」

「じゃあ、これから行くか。善は急げだ」

エレンが立ち上がって、カルロさんを呼ぶ。

「昼食まだだろう？　好きなだけ食べてくれ」

「おお！　よいのですか？　殿下」

「ああ、残すなよ」

……残りはスタッフが美味しくいただきました、みたいなことやってる。

「あ、カルロさん。その赤い料理は……」

麻婆豆腐に関しては、一言注意をしておかないと。

慌てて口を開いた私を、エレンとお兄ちゃんがキッチンから引っ張り出してしまう。

ちょ、ちょっと！　どうしてカルロさんにそういう意地悪するの！　お兄ちゃんまで！

「さぁ、行くぞ。俺も礼を言わねばならないしな」

エレンがそう言って、心配でキッチンを見つめたままの私を引っ張る。

「え？　エレンも？　なんで？」

「そりゃあ、もちろん、くまねこ亭をやる気にさせたからさ」

エレンは、私とお兄ちゃんを見つめてひどく楽しげにニヤリと笑った。

「お前たちの料理がこの国で食べられる。考えただけでワクワクするじゃないか」

◇＊◇

宿屋の前には、人だかりができていた。

「え……？　何これ」

文字どおり、人だかりだ。行列ではない。

そのほとんどが男の人だった。仕事帰りなのだろうか？

「順番待ちをしてる……わけでもなさそうだね？」

「そうだね。どうして人がこんなに集まってるんだろう？」

誰かの出待ちをしているような、そんな感じなんだけど。

やだ、待って。まさか、また何かトラブルが起こってたり？

嫌な予感に眉をひそめた時――扉の前にいた男の人がふと私たちを見る。

そして、ハッとした様子で息を呑んだ。

「お嬢さん、もしかして『ジュリ』？」

「っ……!?」

知らない人の口から突然私の名前が飛び出して、びっくり。

もっと驚いたのは、その瞬間集まっていた人たちの視線が一気に私たちに集中したから。

「え、ええっ!?」

な、何が起こってるの!?

あまりのことに肯定も否定もできないでいると、エレンがスッと私の前に出る。

「そうだが、お前たちは？」

「やっぱりそうか！　中隊長に噛みついたお嬢さんだ！」

人だかりがワッと沸く。

「じゃあ、そちらのお兄さんが凄腕《すごうで》の料理人だ！」

「そうだ！　吟遊詩人《ぎんゆうしじん》が謳《うた》ってた兄ちゃんだ！」

え？　吟遊詩人？

「どういうことだ？」

エレンの問いかけに、人々が次々と話し出す。

「今日、朝から広場で吟遊詩人が、昨日ここであったできごとを語っていてな」

「ツケの支払いを迫った店主を、中隊長が恫喝《どうかつ》して」

「不味《まず》い料理に金を払うのはおかしいとまで言って」

「料理を踏んづける暴挙に、可憐なお嬢さんが一人立ち向かって」

その言葉に、エレンとお兄ちゃんが同時に噴き出す。

か、可憐なお嬢さんって……。

かぁっと一気に顔が赤くなってしまう。

「お嬢さんが傷つけられないように、金髪の青年が料理の勝負を持ちかけて」

「そうそう。結構無謀な条件だった。『全員が美味いと言ったら』だったっけ？」

「そう！　だけど、お嬢さんの兄さんが素晴らしい腕前で、完全勝利したって！」

男の人たちが口々に言い、頷き合う。

「さすがは吟遊詩人、兄さんが作ったたって料理の描写がそれはそれは美味そうでなぁ！」

「ああ、俺も思った！　聞いたのが昼飯前で、すげぇ腹減って腹減って……」

「俺ぁ、最初は作り話だと思ったんだよな！」

職人さんっぽい屈強な身体をしたお兄さんがそう言って、ずいっと身を乗り出してくる。

「あんまりにもでき過ぎた話だからよぅ。それで、噂の真偽《しんぎ》をたしかめてやろうと思ってここに来たら、本当に中隊長が金を払いにきたじゃねぇか！　びっくりしたね！」

あ、あの衛兵さん、ちゃんと支払いに来たんだ。

「中隊長に訊いたら、話は本当で、吟遊詩人もたしかにその場にいたって言うからよぅ。こりゃすげぇやってなってな！」

そこで、私を背に庇うようにして立っていたエレンが、ピクリと肩を震わせた。

「……わかった。異国の行商人のような格好をしていたアイツだろう」

「え……？　ああ、あの人！」

あの人、吟遊詩人だったんだ。

「それで？　お前たちはここでいったい何をしてるんだ？」

「そりゃあ当然、噂のお嬢さんと料理人を見てみたかったんだよ」

「そうそう。できれば噂の料理を俺も食ってみてぇなぁって」

「ここで待ってれば、会えるんじゃねぇかって」

「でも、店主が利用者以外の入店はお断りだって言うから」

そりゃ、そうだろう。こんな人数が食事もせずに居座るなんて、営業妨害も甚《はなは》だしい。

「え……？　それじゃあ……」

それまで黙って聞いていたお兄ちゃんが、ふと首を傾げる。

「僕たちがここに来たことで、お兄さんたちは一応目的を果たしたことになるけれど……どうするの？　帰るの？」

「え……？」

「それとも、僕の料理が食べられるとしたら、ここの『利用者』になってくれるの？」

「っ……!?」

思いがけない言葉だったのだろうか？　瞬間、人だかりがざわめく。

「そ、そりゃあ、もう！　なぁ？　みんな！」

「おう！　高額だったら無理だが、そうじゃなければ！」

「もちろん店主さんが了承してくれたらの話だし、材料の関係で謳われたものとまったく同じものはできないかもしれないけど、それでもいいなら……」

お兄ちゃんは集まっている人たちを見回すと、フッと目を細めた。

「待ってて。店主さんに話してみるよ」

「おおぉおお！」

その言葉に、雄《お》たけびと言ってもいいほどの歓声が上がる。

それを背に、私たちは宿屋へと入った。

「あれ……？」

店内には、誰もいなかった。

「店主さん？」

声をかけてみるも、返事はない。

だけど、厨房のほうから人の声は聞こえる。どうやら、いないわけではないらしい。

私たちは顔を見合わせ――少し迷ったものの、みんなで厨房に向かった。

「やめなさい。料理人なんて、ろくなものじゃない」

え……？

厨房の出入り口の手前で、中から聞こえてきた声に足が止まる。

料理人なんて、ろくなものじゃない――!?

ど、どういうこと？

信じられない言葉に唖然としていると、幼い声がそれに反論した。

「でも、父さんだって宿屋の店主で料理人だろ!?」

「だから、言ってるんだ。わざわざ選ぶ職業じゃない。ましてや、目指すだなんて」

「でも……」

「しなくていい苦労を背負う必要なんてない。いいか、お前にはまだ可能性しかないんだ。これからどんな職にだってつけるんだから」

そっと中を覗くと――そこには昨日の店主さんと、若い男の子が。

十五歳ぐらいだろうか？　店主さんと同じ少しクセのあるライトブラウンの短い髪に、同じ色の利発そうな瞳が印象的な少年だった。

あ、でも、この世界の人って日本人よりずっと大人びて見えるからなぁ……。エレンが十八歳だもの。だからこの子も、もっと幼いかもしれない。

「でも、今日……広場で話題になってて……。今だって、店の前に……」

男の子が悲しげに眉を下げ、モゴモゴと言う。

「わかってるだろう？　賞賛された料理人は、私じゃない」

「わかってるよ。そうじゃなくて、僕が言いたいのは、料理人だって賞賛されるってこと。ろくなもんじゃないなんて、そんなことは……」

「昨日の御方《おかた》は、別格だ。私なんかとは違う。同じ料理人のくくりに入れてはいけない。それはあの御方に失礼だ。ろくでもないのは、私のような料理人だ」

「そんな、父さん……！　父さんだって……」

さらに反論しようとする男の子を制止して、店主さんは首を横に振った。

「リト、お前は私とは違う。お前なら、必ず一廉《ひとかど》の者になれるはずだ。料理人なんて道を選びさえしなければ」

「ッ……父さん……」

リトと呼ばれた男の子が、悲しげに顔を歪《ゆが》めて俯く。

私たちは顔を見合わせた。料理人を目指したいと言った息子さんを諫《いさ》めてるっぽい？

少し迷ったものの、店の前に集まっていた人たちの手前、出直すわけにもいかないし、かといってこれ以上、こっそり立ち聞きするのも気が引ける。

「あ、あの～……」

申し訳なさでいっぱいになりながらおずおずと声をかけると、店主さんがこちらを見てハッと息を呑んだ。

「こ、これは、イッセイさん、ジュリさん、エレンさん」

そのまま作業の手を止め、こちらに駆け寄ってくる。

そして、深々と頭を下げた。

「昨日は本当にありがとうございました。おかげさまで、ツケは払っていただけました」

「いえ、私たちが勝手にやったことですから……。でも、あの……すみません……」

私は慌てて、頭を下げ返した。

「はい？　ジュリさんが謝ることなんてありましたか？」

そんな私に、店主さんがきょとんとした様子で首を傾げる。

「ええと、こんな騒ぎになるなんて夢にも思ってなくて……もしかして営業の邪魔をしてしまったのではないかと……」

「ああ、いえ、今日はもともと宿泊の予約がありませんので、飛び込みの対応だけですし、のんびりやっておりますよ。お気になさらず」

「でも、食堂が……」

「宿泊客がいない時は、だいたいこんなものですよ。飛び込み客や食堂だけの利用客は、そもそも少ないですから」

店主さんが明るく笑って、ヒラヒラと手を振る。

その言葉に、お兄ちゃんが「え！」と小さく声を上げた。

「じゃあ、今日ってあまり食材を仕入れていなかったりします？」

「今日ですか？　牛の塊肉を仕入れました。もうローストビーフにしてしまいましたが。あとはチーズを数種。卵。トマトとポワローが切れたので、それも」

「それ、見せていただいてもいいですか？」

「え？　構いませんが……？　でも、いったい……」

「ああ、すみません。順序がバラバラでしたね。昨日の分も含めて、材料費などはすべてお支払いしますので、今日もこちらで料理を作らせていただけないでしょうか？」

戸惑いがちに視線を揺らした店主さんに、お兄ちゃんが深々と頭を下げる。

それに、店主さんがまた何ごとかと目を丸くする。

エレンが表であったことを説明すると、店主さんは笑って、快《こころよ》く許可してくれた。

「このままお客が来なければ、明後日にはこのローストビーフも廃棄しますし。むしろ使っていただけるほうが嬉しいですよ」

あ、明後日なんだ。明日じゃなくて。

ここでも、ステーキやローストビーフを温め直して食べるのは普通のことなんだ。

「それに、イッセイさんの……まるで魔法のような料理を見せていただけるのは、本当に光栄です。こちらからお願いしたいぐらいですよ」

「ありがとうございます。そう言っていただけるとこちらも嬉しいですし、気もラクです。無茶なお願いをしている自覚はあるので」

うん、そうだよね……。本来、こういう交渉ごとはエレンがやんなきゃいけないんだよ。夢を描いた張本人なんだから。

そう思って、隣で黙ったままのエレンを見上げると、彼はじっと男の子を見つめていた。

お父さんを悲しげに見つめている――リトくんを。

「………」

これ以上、話を聞いてもらうことはできないと思ったからだろうか？　リトくんが肩を落としてくるりときびすを返す。

瞬間、エレンが素早く手を伸ばして、リトくんの首根っこをつかまえた。

「どこへ行く？」

「っ……!? え……? ちゅ、厨房から出てます。邪魔になりたくないし……」

リトくんがエレンを見上げて、おずおずと言う。

「父さんは、もう……ボクと話をする気はないだろうし……。少なくとも、今夜は……」

「だが、お前は料理人になりたいんだろう?」

「っ……! なんで、それを……!」

「悪いな、聞こえていた」

「……………」

リトくんが唇を噛み締め——頷く。

「だったら、お前はここにいるべきだ。親父に出て行けと怒鳴られようと、殴られようと、蹴られようと、水ぶっかけられようと、残飯をぶつけられようと……」

「……店主さんはそんなひどいことしないでしょ」

トンと肘で脇腹をつつくと、エレンが「どんなことがあろうとと言いたかったんだ」と肩をすくめる。

そして、あらためてリトくんを見下ろした。

「リトと言ったか? 夢を叶えるために一番必要なことを教えてやろう」

「え……?」

「夢にしがみつくことだ」

意外な言葉だったのか、エレンを見つめる目が大きく見開かれる。

「しがみ、つく……？」

「そうだ。否定されようと、反対されようと、何をされようとも、ひたすらしがみつけ。絶対に離すんじゃない」

そうきっぱりと言って、エレンはリトくんを引き寄せ、その目をまっすぐに覗き込んだ。

「覚えておけ。最後の最後まで手放さなかった者だけが、夢を叶えることができるんだ」

「っ……！」

金色の激しい眼差しに、リトくんが息を呑む。

――うん、そうだね。そのとおりだ。

私もお兄ちゃんも、そうだった。

お父さんには及ばないと、もう無理だと、どれだけ否定されようと諦めなかった。

自分を繕うことなんてしなくていい。誰からどう見えたっていい。みっともなくていい。

批判されようと、嗤われようと、呆れられようと、蔑まれようと、しがみついた。

みんなの言うとおりなのかもと、自分には無理なのかもと挫けそうになった時でさえ、頑張る気力が根こそぎ奪われて、泣くことしかできなかった時でさえ、手放さなかった。

エレンの言うとおり、そこで夢を捨ててしまっていたら、今の私たちはない。

夢を叶えることはできなかった。

エレンはその細い肩をつかむと、自分の前にリトくんを移動させた。——お兄ちゃんと店主さんがよく見える位置に。

「料理人を目指すのならば、これからここで行われることは見逃していいはずがないぞ。お前の父が同列に置いてはいけないと言った『別格』の仕事だ。一つ残らず見ておけ」

「っ……！　い、いいん、ですか？」

「俺が許可する。文句は言わせない」

エレンが後ろから力強くリトくんの肩を叩いた時、お兄ちゃんがこちらを見る。

「樹梨、表の人たちは何人だった？」

「十七人。全員、働き盛りといった感じの男の人だったよ」

間髪入れずスパっと答えると、エレンが「お前のそれも、すごいスキルだよな」と言う。

「ふふ。接客に命かけてますんで」

私たちの視線の先——お兄ちゃんがローストビーフを切りはじめる。

それは予想どおり、お肉はピンク色の部分がなくなるほど火が入れられていた。

「じゃあ、店主さん……ええと……」

「え？　ああ、私はトートといいます。トート・マルティネス」

「では、トートさん。普段、食事はいくらで出していますか？」

「宿泊客にはサービスで、飛び込み客には銀貨二枚と半月銀貨一枚です」

「わかりました。ではまず、玉ねぎを五つみじん切り、お願いいたします」

店主さん――トートさんに指示をして、お兄ちゃんがこちらを見る。

そして、一瞬リトくんを見て優しく笑うと、鋭く私に指示を飛ばした。

「樹梨、お客さまの誘導」

「はい！　今日のメニューは？」

「アシ・パルマンティエ！」

お兄ちゃんが、ローストビーフを薄くスライスしながら、それだけ言う。

そうか、なるほど。ローストビーフを細かい賽《さい》の目状《めじょう》にカットして、玉ねぎとトマトと一緒にフィリングにするんだ。そしてなめらかなマッシュポテトと重ねてオーブンで焼く。ちょうどチーズもあるしね。

オーブン料理だからできあがりまで少し時間はかかるけど、一気に大量に作れるから、大人数へのふるまい料理にはもってこいだ。

うん、そうだよね。予想外の形ではあったけど、でもせっかく話題になったんだもの。

これは利用しなきゃ！

『美味しい』を広めるための、第一歩！

「かしこまりました！」

私は元気よく言って、表に出た。

「みなさま、たいへんお待たせいたしました。店主さんの許可も取れましたので、本日は兄の料理を食べていただけます！」

待っていましたとばかりに、野太い歓声が上がる。

「メニューは、熱々のトロトロ！　口当たりはとてもなめらかでクリーミーな優しい味と、ガツンと力強く濃厚でジュワッとジューシーな大人の味と、子供も虜《とりこ》になる風味の三重奏《トリオ》。三層の味が織り成すハーモニーが得も言われぬ魅惑の料理です」

「ッ……！」

私の説明に、みんながゴクリと生唾を飲む。

期待に目をキラキラさせはじめたみんなを見回して、わたしはにっこり笑った。

「料金は銀貨二枚と半月銀貨一枚。なくなり次第終了となりますので、どうぞこの機会に味わってくださいませ！」

◇＊◇

「最後のお客さまがお帰りになりましたー」

大盛況だった～！　くまねこ亭のランチ時と張るほど、忙しかった！

下げ膳を手に厨房に戻ると、水を飲んでいたお兄ちゃんが私を見て優しく笑った。

「おつかれ」

「うん、お兄ちゃんも。……あれ？　リトくん、お皿洗いしてくれてるの？」

木の桶に水を溜めてザブザブと食器を洗っていたのは――リトくん。

「うん……。これしか、できることがないから……」

「そんなふうに言わないで。すごく助かるよ。ありがとう」

私はそう言って、彼の手もとを覗き込んだ。

この世界の石鹸《せっけん》は、オリーブオイルを主原料とするソーダ石鹸だ。泡立ちは少なめで、私たちの世界ではどちらかというと顔や身体を洗うのに使われている。

少し衛生面が気になるし、こちらの世界でも台所用洗剤って作れないかなぁ？

今日家に帰ったら、台所用洗剤の作り方をググってみようかな？

そんなことを考えながら、私はふとお兄ちゃんを見た。

「エレンと店主さ……トートさんは？」

「奥に休憩室があるんだけど、そこで話をしてるよ。『拠点』についてだと思う」

「そっか……」

私はリトくんに視線を戻すと、少し考えて――声をひそめて訊いてみた。

「リトくん。お兄ちゃんが料理をするところを見て、どう思った？」

「す、すごかった！」

瞬間、リトくんがスポンジ代わりの目の粗いタオルを握り締めて、身を震わせる。

興奮からか、その頬は赤く染まっていた。

「動きに迷いがなくて、無駄がなくて、とにかく速くて正確で……！　次は何しようって考えることすらしないいんだよ？　それって、常に先のことを考えながら動いてるってことだよね？　本当にすごいよ！　イッセイさんは一流の職人だ！　ううん、巨匠《マエストロ》だよ！」

「ありがとう！　私もそう思う！」

全面同意しつつ、お兄ちゃんをチラリと見ると、お兄ちゃんはなんだか居心地悪そうにそろそろと私たちに背を向けた。ふふふ。照れるな照れるな。

「ボクも少し味見をさせてもらえたんだけど……信じられないぐらい美味しくて……！じゃがいもなんて、ボク……嫌いだったのに……！」

「あれ？　リトくん、じゃがいも嫌いなの？」

「……んー……嫌いって言うと、ちょっと違うかも……。そんなに不味いわけじゃないし、食べられるけど……飽き飽きしてるんだよね……。とにかく毎日に近いぐらい、茹でるか蒸《ふ》かすかしたじゃがいもが出てくるから……」

「そうなんだ」

「でも、今日の料理は違った！　じゃがいもって、あんなに美味しくもなるんだね……！ボク、びっくりして……！」

そこまで言って、リトくんがふと下を向いた。

「あ、あの、ジュリさん……」

「ん？　なぁに？」

「イッセイさんについて行けてる親父も、充分すごいよね？　その、ボクは……」

なんだかモジモジしながら小さな声で言う。

私は彼の横顔を覗き込むようにして、にっこり笑って頷いた。

「うん、トートさんの料理技術はとても高いと思うよ。私は充分すごいと思うな」

「そ、そうだよね⁉」

リトくんの顔が、パァッと輝く。

「親父も、すごいよね……！」

ひどく嬉しそうに——まるで噛み締めるように繰り返すその姿が、いじらしい。

ああ、懐かしいなぁ。お兄ちゃんも私もこんな感じだった。

働くお父さんが、大好きだった。

「お父さんの背中って、かっこいいよね」

「う、うん！　ボク、大好きなんだ！　こんなこと言ったら、変かもしれないけど……。ボク、お父さんの背中に、憧れてるって言うか……」

「大丈夫、変じゃないよ」

顔を赤らめてモゴモゴと言う彼に、きっぱりと頷く。

「だって、私もお兄ちゃんもそうだったもの。お父さんがお店をやっててね？　その姿がかっこよくて、大好きで、強烈に憧れてた。だから、小さいころから心に決めてたんだ。絶対に店を継ぐんだって」

「イッセイさんとジュリさんも？」

「そう、でもね？　私もお兄ちゃんも、お父さんからあまり教えてもらえなかったの」

「どうして？」

私を見つめたリトくんの顔が、一瞬にして曇る。

「や、やっぱり、反対されたの……？」

「ううん、その前に死んじゃったの」

「え？　あ……ごめんなさい……」

リトくんが申し訳なさそうに頭を下げる。――気遣いできるいい子だな。

私は笑顔で、「気にしないで」と首を横に振った。

「じゃ、じゃあ、イッセイさんは……」

「お兄ちゃんは、努力に努力に努力を重ねて、今の自分を手に入れたんだよ。私はそんなお兄ちゃんを間近に見ていて、お兄ちゃんを支えたいって思ったの。それが、私が抱いた二つ目の夢だった。だから、調理ではないほかのスキルを手に入れることにしたの」

「じゃあ、イッセイさんもジュリさんも、自力《じりき》で夢を叶えたんだね……？」

「そう。だからね？　エレンがリトくんに言ったことは、本当にそのとおりだと思うよ。何があっても夢を手放さなかった者だけが、夢を叶えることができる――」

リトくんがハッと息を呑んで、両手を握り合わせる。

そして、桶の中に視線を落とした。

「……何があっても、夢にしがみつく……」

汚れた水に微かに映る自分を見つめて、リトくんが苦しげに顔を歪める。

まるで痛みに耐えるような表情に私は小さく頷いて、彼の背中をトントンと叩いた。

「でも、否定されるのはつらいよね？　それもわかるよ」

「……うん……」

リトくんがギュッと目を瞑り、奥歯を噛み締める。

「親父は『宿屋なんて』って言うんだ。『料理人』なんてって。誇れる職業じゃないって。でも、ボクはそう思わない！　恥ずかしいだなんて、絶対に思わない！　そりゃ、人気の職業じゃないことはわかってるよ！　で、でも……なりたいんだ……！」

リトくんが、叫ぶ。私を見つめて、はっきりとその胸の内を。

何一つ、恥じることなく。

「親父を見ていて……料理人になりたいって思ったんだよ！」

「じゃあ――リト」

その揺るぎない思いに、それまで黙っていたお兄ちゃんが口を開いた。

「それなら、トートさんが理解してくれなくても、絶対に挫けちゃ駄目だ。やりたいって言い続けよう。ずっと、ずっとだ。いつか理解してくれるまで」

「イッセイさん……」

「君の人生だ。最悪、理解してくれなくたって、君のやりたいようにやっていいんだよ」

「っ……でも……」

ライトブラウンの瞳が、切なげに揺れる。

「でも、ボクは……」

「……わかるよ。家族だ。憧れた――夢の起点になった人だ。認めてもらいたいよね」

「……うん……」

「じゃあ、訊くけど、トートさんはリトの本気を何年も何年も見続けても認めないような、そんな理解のない人なのか」

「え……？　いや、それは……！」

リトくんが慌てた様子で、首を横に振る。

「そんなことないと、思う……。今、料理人を目指すことを許してくれないのだって……僕のためを思ってのことで……」

「そうだろう？」

必死にトートさんを擁護するリトくんに、お兄ちゃんが微笑む。

「じゃあ、まずリトがトートさんを信じなきゃ駄目だ。いつか認めてくれるって。信じて、頑張り続けよう。諦めずに。それが『しがみつく』ってことだと僕は思うな」

何もせず、ただ認めて認めてと駄々をこねるのではなく、認めざるを得ない状況にまで持っていく。何年かかっても、諦めずに。

ただ思い描くだけじゃなく、なりたいと言うだけじゃなく、打てる手をすべて打って、ただひたすらに突き進む。

それが、『夢を手放さない』ということ。

「リトが変わらず頑張り続ければ、変わるのはトートさんのほうだ。根比《こんくら》べだな」

「イッセイさん……」

「トートさんの許可がなくったって、勉強はできるよ。よければ、僕が教えてあげる」

「ほ、本当!?」

思いがけない言葉だったのだろう。リトくんが大きく目を見開く。

「料理をしたことは？」

「ええと……まだ親父の帰りが遅い時に、芋を蒸かしたり、スープを作ったりする程度。あ、でも、オムレツは作れる」

「オムレツ？」

「う、うん。ちゃんと綺麗な形に作れるよ。たまに……本当にたまに失敗もするけど」

え、すごい。卵料理って難しいのに。

「親父、卵が好きなんだ。だから覚えたんだ。お祝いの時とか、元気を出してほしい時に作ってあげるんだ」

そう言って、リトくんが笑う。

その——晴れやかで、爽やかで、少し照れくさそうなひどく少年らしい笑みに、思わず私とお兄ちゃんと顔を見合わせた。

「……ごめんね？　話の途中で。あの……リトくんっていくつ？」

「え？　十二歳」

わぁ、やっぱり思ってたより幼かった。

お兄ちゃんももっと上だと思っていたのか、驚いた様子で目を丸くした。

「十二歳？　十二歳でオムレツ？　じゃあ、上々だよ。僕よりできるぐらいだ」

「えっ!?　本当!?」

「本当。ねぇ、リト。一緒に賄《まかな》いを作ろうか」

「マカナイ？」

「そう。お客さんに出す料理とは別の、従業員のための料理。お腹空《す》いただろ？」

「うん！」

「僕もペコペコなんだよ」

そう言って笑って、お兄ちゃんが立ち上がった。

「僕らの国には、親子丼って料理があるんだ」

「オヤコドン？」

「そう。親である鶏と、子である卵を使った料理なんだ」

「だから、親子？　ドンは？」

「どんぶりっていう容器に入れたライスに何かを乗せた料理を、丼って言うんだ」

「じゃあ、鶏と卵で作った料理をライスに乗せたのが、親子丼？」

「そう。それを少しアレンジしたものを作ろう」

あ、そうだよね？　だってここには、お出汁もお醤油もないもの。びっくりした。

鶏肉も一般的に親子丼に使われる腿肉はないはず。昨日使ったから。丸鶏の腿肉以外の部位——胸肉や手羽なんかは残っているはずだけど。

え？　どんな親子丼を作るつもりなんだろう？

ワクワクしていると、「おいで。食器洗いの残りは、あとで樹梨がやるから」と言って、リトくんを手招きする。

「親子——鶏と卵は相性抜群なんだよ」

お兄ちゃんがリトくんの肩を抱いて話しかけながら、彼に見えないように私に合図する。奥を示す指を見て、私は親指と人差し指で丸を作って頷くと、休憩室があるという奥へと向かった。

そっとノックすると、トートさんがドアを開けて迎え入れてくれた。

「お客さま、全員お帰りになられましたよ」

「ああ、そうですか。ありがとうございました。貴重な体験をさせていただきまして」

トートさんが深々と頭を下げる。

私は慌てて頭を下げ返した。

「いえいえ、そんな！　こちらこそ無茶を言いまして。本当に助かりました」

「なんの、こちらにとっては得しかありませんので。本当に嬉しく思っております」

トートさんってすごく腰が低い人だ。だから気を抜くとお辞儀合戦になっちゃう。

お互いペコペコしていると、シングルソファーにふんぞり返っていたエレンが何をしているんだとばかりに眉を寄せて、私を見上げた。

「ジュリ、話はついたぞ」

「話？」

「そうだ。『拠点』の話だ」

エレンがピッと二本指を立てる。

「週に二日、夕方からこの食堂でお前たちの料理をふるまえることになった」

　そして、私を見つめたままニヤリと口角を上げた。

「まずは、存分に試せ。この国で作る『くまねこ亭』のために」

「うん……！」

「お前たちがいない日との差を作るために、値段は銀貨三枚に半月銀貨一枚と決まった。新しい『くまねこ亭』は人々の憧れの店にする予定だから、この値段で食べられるのは今のうちだけ。それも『くまねこ亭』を開くための市場調査をかねての試作だからこその値段ということで、相場よりは少し高いが客は呼べるだろう」

　エレンが「今回のことは、いい宣伝になった」とさらに笑みを深める。

「諸経費はもちろんこちらで持つ。宿泊客の食事に関しても、その二日に限っては、無償《むしょう》で提供する。あとは場所の使用料だが――いらないと言っていてな」

「え？　そんなわけにはいかないよ。そういうことはきちんとしないと駄目《だめ》だよ」

「もちろんだ。だが、トートは『金銭はいらないので、アシスタントをさせてほしい』と言っていてな？」

　え？　それ交換条件になってなくない？

「私たちに得しかないと思うんだけど？　場所を無償で借りた上に、手伝ってもらえるんでしょう？」

「いや、一応は成立している。つまり、食材の扱い方や調理技術を学ばせてほしいということだ」

「……！　ああ、なるほど」

場所代をレッスン代で相殺《そうさい》したいってことね？

「お兄ちゃんに訊いてみるけど、大丈夫だと思うよ」

そもそも、この世界で作る『くまねこ亭』のほかに一つ拠点となる場所を作る目的が、食文化を作るため、飲食店を広めるために、食材本来の味の周知、食材の扱い方、家庭で簡単にできる料理やその調理方法の紹介、これから飲食店をはじめる人への指導なわけで、駄目だっていうわけがない。

「じゃあ、トートさんとリトくん二人とも、アシスタントをしながらお兄ちゃんのもとで学ぶってことですね」

あえてそう言うと、トートさんが目を丸くして、「えっ!?　いや、リトは……」と首を横に振った。

「もしかして、リトが何か言いましたか？　しかし私は、あの子にこの宿を継がせる気はありませんよ。料理を習う必要なんてありません」

きっぱりと言い切ったトートさんに、エレンが片眉を跳ね上げる。

そして、なんだか不愉快そうに眉を寄せると、そっと息をついた。

「……それはお前の自由だな」

「ええ、ですから、リトは……」

「だが、それでなぜ料理を習う必要はないなんて話になる？　宿屋を継ぐことと料理人になることは必ずしもイコールじゃない。お前が息子にこの宿を継がせたくないと思うのは自由だが、それならそれでリトはほかの場所で料理人になるかもしれないじゃないか」

その言葉に、トートさんがグッと言葉を詰まらせる。

「そ、それは……」

「この宿の店主はお前だから、お前の『息子にはこの宿を継がせたくない』という考えは尊重されて然《しか》るべきだろう。かと言って、リトの『料理人になりたい』という夢を潰してもいいということにはならない。リトの人生は、リトのものだ。自分の道を決める権利は、自分自身にこそある。違うか？」

厳しく冷たい声に、トートさんが俯く。

そんなトートさんを冷ややかに見つめて、エレンは言葉を続けた。

「気持ちはわからないでもないが。料理人は尊敬される仕事ではない。誰でもできる仕事、頭脳も技術もいらない仕事という偏見がある。さらに、この国には料理は女の仕事という意識も根強いため、男の料理人に向けられる目はもっと厳しい」

「……そのとおりです。ですから、私は……」

「だがな、トートよ。父親とはいえ、リトの夢を……」

「──エレン」

私は、さらに言いつのろうとしたエレンの口を塞いだ。

「っ……⁉ んんっ⁉」

「それ以上は駄目。トートさんを説得するのは、リトくんが自分でするべきことだよ」

「……！ それはそうだが……」

「これはリトくんの問題で、トートさんの問題だよ。第三者がゴチャゴチャ言うのは違う。そんなことをしても余計に拗《こじ》れるだけだよ」

私はぴしゃりと言って──トートさんに頭を下げた。

「ただ、すみません。料理を教える件については兄とリトくんの間で決まったことなので、トートさんがやめさせることはできないと思います」

「……そう、なのですか……？」

「ええ。──さ、お腹空いたでしょう？ 私たちもご飯《はん》にしませんか？」

にっこり笑顔で二人を促して、休憩室を出る。

厨房に戻ると、お兄ちゃんが私たちを振り返って、穏やかに微笑んだ。

「ちょうどよかった。賄い、上がったよ」

「わぁっ！」

お皿には、とろ～りなめらかクリーム状のスクランブルエッグ――ウフ・ブルイエが。

親子丼ってことは、この下にご飯があるのかな？

「お？　これはなんだ？」

「親子丼……いや、親子リゾットかな」

「オヤコリゾット？」

きょとんとするエレンとトートさんに、お兄ちゃんが頷く。

「そう。鶏ガラとクズ野菜で簡易的な鶏の出汁――『フォン・ド・ヴォライユ』を取って、刻んだ玉ねぎとともに生米をリゾットに。その間に、卵を『ウフ・ブルイエ』に」

「ウフ……？　なんですか？　それは」

「基本はスクランブルエッグです。ただ直接火にかけず、湯煎《ゆせん》でゆっくりと火を入れます。使うのは、基本的にバターと生クリーム……乳脂肪分の高い牛乳だけですね。そうすると、生でも半熟でもないのに、トロリとクリーム状に仕上がるんです」

「なんと……！　これで、しっかり火が通っているのですか？」

「そうなんですよ。最後に、鶏肉のいろいろな部位を叩いてミンチ状にして炒めたものをウフ・ブルイエに加えて、リゾットの上に盛りつけて完成です」

ううっ。その説明だけで美味しそう！　早く食べたい！

逸《はや》る気持ちを押さえながら、私たちはお皿とカトラリーを手に、客席へと移動した。

「いただきます！」

私が両手を合わせてそう言うと、トートさんとリトくんはきょとんとしていたけれど、両手を組み合わせて「主よ。今日の糧を与えてくださり、感謝します」と祈りを捧げる。

そして、待ちきれないといった様子でスプーンでウフ・ブルイエをすくった。

「う、わぁ……！」

本当にトロットロ。スプーンを入れただけで美味しいってわかる。実は私、これ大好きなんだよね。リゾットと一緒に食べるのははじめてだけど。

「んん〜っ！」

口に入れると、舌の上でとろけてしまう。噛む必要は一切ない。ウフ・ブルイエ特有の濃厚な卵と牛乳、バターの味が口いっぱいに広がる。

でも、これはそれだけじゃない。あとから、鶏の旨味が追いかけてきて——美味しさが重層的。ものすごい満足感だ。

ウフ・ブルイエだけでも最高なのに、またその下にあるリゾットがいい。

お米は日本のそれとは違う——イタリア米みたいな感じかな？　日本のお米よりも粒が倍ぐらい大きくて、粘りけが少ない。さっぱりした感じ。

だからなのか、リゾットも本場イタリアのそれのような印象だった。日本のおじやとか雑炊《ぞうすい》とは違い、さらっとした感じ。

でもだからこそ、ウフ・ブルイエの繊細な食感を邪魔しない。

一緒に食べると、濃厚な卵と牛乳、バター、鶏の旨味、野菜の甘味と、色合いの違う美味しさが次々と広がって――ああ、もう、幸せだ！

「美味しい～！」

「上手くできてるだろ？　そのウフ・ブルイエはリトが作ったんだ」

「えっ⁉」

その言葉に、私はびっくりして目を丸くした。

だって、泡だて器で絶えずかき混ぜながら湯煎で火を入れてクリーム状に仕上げるって、簡単そうに聞こえるけど、ものすごく難しいんだよ。

「僕が一度目の前で作って見せて、それを食べてもらった。それだけでしっかりと覚えて、僕がリゾットの調理をしている間に、全員分作ってくれたんだ」

「す、すごい……！　リトくん……！」

思わずパチパチと拍手をすると、リトくんが恥ずかしそうに顔を赤らめる。

「違うよ。すごいのは、イッセイさんだよ……」

「いや、リトくんだよ。私も何回も教えてもらったけど、いまだにできないもん」

「そう、樹梨は何回教えても駄目。とにかくせっかちなんだよな」

お兄ちゃんがため息をつく。――う、そのとおりです。

「そんな……」

　恥じ入るリトくんの横で、トートさんが「本当に、リトが……これを？」と呆然とした様子で呟く。

　その声にリトくんはビクッと身を震わせて――それから意を決したようにトートさんを見つめて、口を開いた。

「うん！　教えてもらって、僕が作ったんだ。すごく楽しかったよ。ボク、もっともっとイッセイさんから料理を習いたい！」

「リト……それは……」

「うん、わかってるよ。そんな気楽なものじゃないって。楽しいだけじゃ続かないことも。だけど、『好き』って気持ちは大きな武器になるって……イッセイさんが教えてくれた」

　お兄ちゃんの言葉に力を得て――だろうか？　最初に見た時とは違って、俯くことも、口ごもることも、自信なさげに目を泳がせることもなく、リトくんがきっぱりと言う。

「ボク、大好きなんだ！　料理も！　父さんも！」

「っ……」

　そのキラキラとした眼差しに、トートさんは息を呑み――そのまま言葉を失った。

『料理人になりたい』という言葉に反対するのは、リトくんのことを想うがゆえのこと。

　トートさんが、リトくんのことを愛しているからこそ。

でもその夢は、同じようにリトくんもトートさんを愛しているからこそ、抱いたものだ。

「リト……」

「料理人を目指さないほうがいい理由なんて、百も千もあるんだと思う。でも、ボクには
どうしても譲れないことがあるんだ」

百や千の理由など吹き飛んでしまうような、たった一つ――。

『大好きなお父さんのようになりたい』

それに勝る輝きなんてない。

お兄ちゃんと視線を交わし合い――微笑む。

私たちもそうだったね。

「父さん、ボク本気だから」

そう言って、リトくんが笑う。

「……この少しの間で、男の顔をするようになったじゃないか」

エレンが満足げにそう言って、口角を上げた。

強い意志を宿した瞳が煌めく――。爽やかで、晴れやかで、少しあどけない――だけど
生き生きとした活力に満ちた笑顔に、こちらまで力をもらうようだった。

「ボク、絶対に負けないからね！」

第四章　受け継いだ大切な、梅風味あったかスープ

いつだったかさだかではないけれど——とにかく私がまだ幼く、両親も健在《けんざい》だったころ、母がくまねこ亭のパントリーに入れてくれたことを覚えてる。

『これはね？　お祖母ちゃんの味なの』

そう言って、いくつもの壺を見せてくれた。

『お祖母ちゃんの？　お祖父ちゃんじゃなくて？』

祖母は、ものごころついた時にはすでに他界していて、私は写真の中でしか知らない。

当然——くまねこ亭は祖父が開いた店という認識だったから、なぜ祖母が出てきたのか不思議だった。

『くまねこ亭のお漬けものは、お祖母ちゃんの味なのよ』

『そうなの？』

『ふふ。そもそもくまねこ亭は、お祖父ちゃんが「お祖母ちゃんのお漬けものをみんなにも食べてもらいたい！」って、はじめた店なのよ』

『ええっ!?』

　想像もしなかった言葉に、当時の私はポカーン。

　今の年齢ならともかく、幼い子にお漬けものの美味しさや奥深さは伝わりづらいもの。

　当時の私も思いっきり『そんなの嘘だよ！』と反論した。

『お漬けものより、お祖父ちゃんのハンバーグのほうが美味しいもん！　から揚げも！　コロッケもだよ！　とんかつも！』

『それは、お祖父ちゃんがお祖母ちゃんのお漬けものに負けないようにって作り上げて、それをさらにお父さんが改良したから。でも、それは、このお祖母ちゃんのお漬けものがあってこそなの』

　信じられなかった。

　くまねこ亭でもっとも重要とされているのが、お漬けものだなんて。

　納得がいかない私に、母は笑って——『いつかわかるよ』と言った。

『こんな美味しいお漬けものを出す定食屋は、ほかにないから。これがあってこそ、なの。お米もこのお漬けものに合うものを選んでいるし、たくさんの美味しいおかずも、お出汁の香りがたまらないお味噌汁も、このお漬けものとの相性を考えて作ったものなんだよ』

『でも、お祖母ちゃんはもういないよ？』

『そうね。だから今は、お母さんがお祖母ちゃんのお漬けものを作っているの』

母はそう言って、私の前にズラリと壺を並べた。

『お祖母ちゃんがお母さんに教えてくれたのよ。愛する人に作ってあげられるようにって。だから、今度はお母さんが樹梨に教えてあげるね』

『樹梨にも？』

『そう。いつか、愛する旦那さまと幸せな家庭を作る時のために』

母はそう言って微笑んだけれど、実際には教えてくれてはいない。私が小さかったから。

きっと、大きくなってから本格的にレクチャーするつもりだったんだと思う。

ただ、お漬けものを作る時には私を傍に呼び、いつも作業を見せてくれていた。

それもあって、お漬けものだけはお兄ちゃんは作ることができず――私が再現した。

「…………」

去年漬けた梅干しを取り出して、一つ口に入れる。

くまねこ亭の梅干しは二種類。これは、目が覚めるほど酸っぱいほう。

ツンと鋭い酸味に、口の中で唾液がドバっとあふれる。

「っ……！　うん、美味しい！」

いいできだ。お祖母ちゃんの味だ。

壺から一部をタッパーに移す。もう一つの梅干しも。糠《ぬか》漬けも。キムチも。

それらを持って厨房に戻ると、お兄ちゃんがホッとした様子で息をついた。

「遅いよ！　ちょっと焦ったじゃないか！」

「ごめん！」

必要なものを大きなプラスチックバットに入れて、しっかり抱える。

すると――調理台の上に置いてあった金時計がふわりと浮かび上がって、輝き出す。

私たちが目を閉じると同時に、あたりが真っ白になるほどの閃光が私たちを包み込んだ。


宿屋『マルティネス』で、週に二日のくまねこ亭の営業。

その目的は、新しく作る『くまねこ亭』のための市場調査と、食材本来の美味しさや、それを引き出すための調理方法、真似しやすいメニューなどの周知。

前者が、飲食店を広めるため。後者が、食文化を作るため。

この国で作る『くまねこ亭』は、もともとのくまねこ亭の味を少しアレンジする程度で、既知よりも未知を重視した美味しいものを提供する予定。

でも、完全に未知の味だと美味しいと感じてもらえない場合もある。高いお金を払って感想が「???」ではいけない。

だから、既存メニューにこの国の人たちが受け入れやすいようにしっかりとアレンジを加える必要があるので、マルティネスでの市場調査はとても重要。

食材本来の美味しさや、それを引き出すための調理方法、真似しやすいメニューなどの周知は、まず多くの人にマルティネスに来てもらう必要がある。

だから、まずマルティネスでの週二日の営業がとにかく話題になってくれないと困る。

先週のアシ・パルマンティエは、トラブルから派生したイレギュラーだ。あれを考えに入れてはいけない。本来の目的のための営業は今日から。

トラブルの力を借りず、先週ぐらいのお客さまが来てくださるようにしないと。

そう気を引き締めて、私たちはマルティネスに行ったのだけれど――。


「…………」

宿屋に到着した私たちは、唖然として顔を見合わせた。

「嘘でしょ……？」

宿の前には、すでに行列ができていた。な、何ごと!?　えっ!?　ちょ、ちょっと待って。私たち、これから仕込みをするんだよ？

それも調理指導をしながらやるため、かなり余裕をもって三時間前に来たのに――なぜもう行列ができてるの!?

「あ、そ……そっか……。私たちの料理を食べに来てくれた人たちとは限らないか……。じゅ、純粋な宿屋のお客さまってことも……」

「そんなわけがなかろう。現実を見ろ」

「宿屋は部屋数が決まっているんだ。しかもその全員が宿泊するんだから、並んでいれば空くようなものでもない。行列なんてできるわけがないだろう」

「だ、だって……」

「でも、今日が初日だよ？　いくらなんでも……」

「先週のトラブルがいい宣伝になったんだろうさ」

エレンがこともなげに言って、呆然としている私たちを促す。

そのまま、私たちはマルティネスの裏に回って、勝手口を叩いた。

「ああ、お待ちしておりました！　エレンさん、イッセイさん、ジュリさん！」

「あ、あの……トートさん、表の行列は……」

「ああ、食堂の開店をお待ちのみなさんですよ」

息を呑む私たちの後ろで、エレンが「ほら、見ろ」と言う。

「いや、で、でも……」

「アシ・パルマンティエを食べた人々が、イッセイさんとジュリさんのことをあちこちで話したようで、翌日から『自分も食べたい』『どうしたら食べられる？』と食堂を訪れるお客さまが絶えなくてですね」

「えっ⁉　す、すみません。ご迷惑をおかけして……」

「いいえ、まったく。三日目ぐらいから貼り紙で対応しましたので、ラクなものでしたよ」

トートさんが笑顔でヒラヒラと手を振る。

「貼り紙、ですか？」

「ええ。魅惑の味をお求めのお客さまは、四日後の十七時にお越しください、と」

「あ、外のみなさんは、ちゃんと開店は十七時だってご存じなんですね？」

「ええ。そのはずですよ」

持ってきた材料を厨房に運び入れて、お兄ちゃんと顔を見合わせる。

「どうしよう……！」

「これは予想外だな……」

「なんだ？　何かマズいことでもあるのか？」

私たちは難しい顔をしたまま、小さく肩をすくめた。

「いや、初日だし、ある程度受け入れやすく、でもインパクトのあるメニューをと思って
カツカレーにしたんだけど……」

「カツ、カレー？」

「そうなんだ。この前、市場を覗いた時、カレーの材料になる香辛料も売ってたんだよね。

扱いが難しいせいで、今のところ不人気らしいけど。な？」

「うん。複数の香辛料を組み合わせてカレー粉を作るのはそんなに難しくないだろうし、
それを商品化することに成功すれば、カレーは食卓の強い味方になるだろうしね」

それに、客層の九割以上が男の人というのも大きかったかな。

くまねこ亭のカツカレーはボリュームたっぷりで、男の人に大人気のメニューだから。

そして、キッチンストーブでも一気に作れるっていうところもかなり魅力的だったかな。

でも、今考えると、安直だったかもしれない。

「失敗したかもな。こんなにも人が集まるなら、最初はもっと置きに行くべきだったかもしれない。万人受けを狙うべきだったかも」

「うん。じわりじわりと増えてゆくケースを想定していたから、インパクトを重視したんだよね。受け入れられない人が一定数いるのは仕方はない。でも、受け入れられた人は、絶対に噂にせずにはいられないようにって」

「……なるほどな」

エレンが納得した様子で頷き、それからすっぱりと言った。

「じゃあ、大丈夫だ。迷うな」

「え……？」

え？　なんでそんな自信満々なの？　その自信の根拠は何？

「しょ、初回って大事だと思うよ？」

「そ、そうだよ。これで『美味しくない』『噂はしょせん噂だった』なんて判断されたらどうするの？　それが噂になったりしたら、これからの計画にも影響が……」

思わずお兄ちゃんと二人で反論するも、エレンはまったく意に介す様子がない。

「気にするな。一つを見ただけですべてを知った気になってコキ下ろすような人間には、もとより客の資格がないんだ」

あまつさえ、そんなことまで言う。私はさすがに眉をひそめた。

「エレン、お客さまに資格だなんて……」

「あるだろう。『最低限のマナーを守る』人間でなくては、店でものを食べる資格はない。俺はそう思うがな。それは何も作法だけの話じゃない。たった一品食べただけでその店を軽々に判ずるだけでは飽き足らず、それを吹聴して回るのは立派なマナー違反だ」

「……！　そ、それは……」

「それは、料理や飲食店にかんしてだけじゃない、何ごとにおいてもそうだ。一面を見て、すべてを知った気になって語る人間は愚《おろ》かだ。賢《さか》しい人間は、決してしない」

エレンはそう言い切ると、まっすぐに私たちを見つめた。

強い意志に彩られた金の双眸が、美しく煌めく。

「だから――イッセイ、ジュリ、『二度』を恐れるな」

「……！　エレン……」

「特別『はじめて』に身構える必要なんてない。最初の想定で間違っていない。じっくり時間をかけて人々を魅了していけばいいんだ」

「だ、だけど……一度広まってしまった口コミを覆《くつがえ》すのはすごく難しいんだよ？　それが致命傷になることだって、あり得ない話じゃない」

私たちは、身をもってそれを知っている。

父が死んだとき、常連さんたちから『味が落ちた』『不味くなった』『くまねこ亭の味はもう戻ってこない』って散々言われた。

たしかに、最初はそうだったかもしれない。

でも――実はお兄ちゃんは、わりとすぐに以前と同じ味が作れるようになっていたのだ。

それでも、言われた。『まだまだだね』『お父さんの味には遠く及ばないね』って。

時間が経つほどに、常連さんたちの中で、以前のくまねこ亭の味は『どれだけ欲しても手が届かないもの』として、どんどん美化されてしまっていた。追いつくだけでは、もう認めてもらえなくて。

だから、お兄ちゃんは知識を貪った。

くまねこ亭の味を守りながら、一歩その先へ行くために――。

だから本当は、くまねこ亭の味はお祖父さんが作り上げて、お父さんが受け継ぎ、守り、お兄ちゃんが進化させたものなのだ。

でも、常連さんたちは、それを食べて『もとの味に戻った』って喜ぶ。

そして、お兄ちゃんに『ようやくお父さんに追いついたな』『頑張ったな』って言うの。

それに――釈然としないものを感じていたころもあった。

正直、今でも百パーセント納得はできていない。

だけど、悔しいけれど、そういうものなのだ。

それぐらい、前情報を覆すことは難しいのだ。

「だから、最初は慎重に……」

「そんなものはいらぬ心配だ。自信を持て。お前たちならできる」

「な、何を根拠に……」

「根拠も何も」

エレンがフッと目を細めて、不敵に笑う。

「この俺を陥落させたんだぞ？　それに勝《まさ》るものがあるか？」

その鮮やかな笑みに、私たちは息を呑んだ。

「か、陥落させたって……？」

「ああ。今だから言うが、俺は異国の者に食文化を作る手伝いをさせる気はなかった」

「ッ――!?」

その言葉に、私もお兄ちゃんも目を剥《む》いてエレンを見つめた。

トートさんたちの手前『異国』って言ってるけど、それって『異世界』のことだよね？

異世界の者に、食文化を作る手伝いをさせる気はなかった――!?

「そ、それって……」

「異国の者を呼んだのは、ヒントを得ようとしただけだ」

……さ、参考程度で、バレたら処刑されるような禁忌を犯したの？

本当にそのへんの感覚、意味がわからない。

「だが、料理はもちろん――その気質と食に対する想い、客に対する姿勢で、お前は俺を虜にしてしまったんだ。ジュリ」

「……！　私……？」

私はびっくりして、まじまじとエレンを見つめた。

え？　私なの？　お兄ちゃんじゃなくて？

「最初はお前だ。次にイッセイが。さすがはお前の兄だ。イッセイもまた、魅力に満ちた人間だった。作る料理もそれはそれは素晴らしかった。そして、二人で俺を魅了したんだ。いや、俺だけじゃないな、カルロもそうだぞ」

「え？　カルロさんが？」

「異国の者を呼ぶなどとあれだけ反対していたカルロが、お前の料理を食べてからは何も言わなくなった。それどころか部屋に引きこもってほとんど姿を見せなくなったろう？」

「そ、それが魅了されたことになるの？」

拒絶されているようにしか思えない反応だけど。

「ああ、これ以上はないほどの愛情表現だぞ。お前たちが好きで、お前たちの料理も好きだから、全力で見て見ぬふりをしているんだ。アレは臆病だからな。『何かあって詰問されるようなことがあれば、臆病なわたくしめは全部洗いざらい話してしまいますので、極力かかわらんほうがよろしいでしょう』だそうだ」

「…………」

その言葉に、思わずため息をついてしまう。

本当に、禁忌を犯すことを屁とも思わない王子さまのお守なんて、大変どころの話じゃないと思う。カルロさんの苦労が忍ばれるよ……。

トートさんとリトくんは、カルロさんが出てきたあたりから話が読めなくなったのか、不思議そうにしている。

そういえば、トートさんもリトくんも、まだエレンの本当の身分は知らないよね？

エレンが食文化を作ろうとしていることを、どう思っているんだろう？

そんな二人の前で——エレンは自信に満ちた表情できっぱりと言う。

「自信を持て。お前たちは、この俺が惚れて、惚れて、惚れ込んだ人間なんだぞ」

「……！　エレン……」

「不安ならば俺を信じろ。お前たちは、この俺が心の底から惚れ込み、欲した人間なんだ。それを誇れ。自信に変えろ」

さすがは王子さまだ。カリスマ性とでも言うのだろうか？　まるで演説するかのように堂々と紡ぐ一言一言に、不思議な説得力がある。

ストンと胸に落ちて来て、じんわりと染みてゆく。

「言葉が必要か？　それなら、何度でも言ってやろう。お前たちならできる。俺はそれを微塵も疑っていない。確信している。なぜなら、お前たちはそれだけの人間だからだ」

まるで暗示にかかったかのように、エレンがそう言うならと思えてくる。

なんの根拠もないけれど、エレンが言うならそうなのだろうと。

「努力に努力を重ねて、さらにそれを積み上げてきたお前たちだ。必ずできる」

力強い金の双眸が、私たちを見据える。

微塵も揺らぐことのないまっすぐな視線に、私たちの中に火が灯る。

「迷うな。自分たちを信じろ。俺が絶大な信頼を寄せる自分たちを、信じろ」

「っ……」

本当に、ズルい王子さまだ。

そんなふうに言われたら、やってやろうって思っちゃうじゃない。

私たちを信じてくれる王子さまのために、結果を出してみせようって！

同じ思いを抱いたのだろう、お兄ちゃんが私を見る。

私たちはお互いを見つめて、笑い合った。

「樹梨、ブイヨンの用意！」

「はい！」

「リトは、樹梨の手伝いをしながらブイヨンの作り方を教わって。トートさんは、僕と一緒にルーの準備をはじめます」

くまねこ亭のカレーは市販のルーを使わないタイプ。

実は、祖父の時代には一からすべて手作りだったカレーは、父の時代に業務用のルーを使うようになっていたんだけど、お兄ちゃんがシェフになってからはもとに——ううん、祖父の味を進化させたレシピを作り上げていた。

みじん切りの玉ねぎをじっくり飴色になるまで炒めて、小麦粉とバターを入れてさらに火を通す。そこに六種類の香辛料を独自ブレンドしたもの——その三分の二の量を入れて、香りをしっかりと立たせてルーを作る。

そして、今日の香辛料は、いつもの配合よりもずっと辛《から》みを押さえたものだ。

「じゃあ、リトくん。こっちも野菜のみじん切りから」

本来のブイヨンは牛肉や牛骨、丸鶏や鶏ガラと野菜類を一日かけてコトコト煮て作るもの。でも、ここでそんな方法を教えたって意味がない。カレーは安く作れるものじゃなきゃ。

だから、ここでは簡易ブイヨンの作り方を教える。

本当は、固形ブイヨンがあれば一番簡単なんだけどね？　ここにはないから。

まずは玉ねぎとセロリ、ポワローをみじん切り。にんじんも皮つきのまま細かくする。家庭用はそれを弱火でコトコトと一時間ほど煮るだけでいいんだけど、お店では一気に大量に作るのもあってもう少し贅沢に、炒めた牛挽肉と数羽分の鶏ガラも入れる。

「煮ていくうちに、灰汁《あく》――こういった色がついた泡が出てくるから、これは丁寧に取る。お玉でこうやって……灰汁だけをすくうの」

エキュメという作業だ。目の前で実際にやって見せて、しっかりと教える。

リトくんは真剣な眼差しで作業を見つめて、お兄ちゃんにもらったメモ帳（ここでは、まだ紙は高価だから）にビッシリとメモしている。教えがいがあるなぁ。

「火加減を間違えないように。そしてあまりかき混ぜないこと。わかった？」

「はい、ジュリさん」

「じゃあ、このままブイヨンを見ていて。灰汁が出てきたら、素早くエキュメね」

「はい、わかりました」

頷くリトくんの肩をポンと叩いて、私はお兄ちゃんたちを振り返った。

「客席の清掃と準備をしてきます！」

「任せた！」

お兄ちゃんの声を背中で聞きつつ、水が入った手桶と掃除道具を抱えて客席へ。

私は店内を見回して、グッとお腹に力を込めた。

さぁ、やるぞ！

◇＊◇

結論から言えば、カツカレーは大成功だった。

「うめぇ！　こんなうめぇもんははじめて食べた！」

「このトンカツってのがいいな！　豚肉はくせぇもんだと思ってたんだが……」

「いいや、やっぱりこのカレーだろう！　ちょっと舌にピリピリする感じがクセになる！　いくらでも入っちまうな！」

職人気質の屈強な男の人たちがカツカレーを豪快に掻き込み、口々に感想を言いながら笑い合う。大絶賛に次ぐ大絶賛だ。こっちも驚いてしまうぐらいに。

どうやらこのすぐ近くにさまざまな工房が集まっている場所があるらしく、実はそこで先週の『チキンソテーのモルネーソース』と『アシ・パルマンティエ』がかなりの話題になったそう。だから今日のことも早くから伝わっていて、誘い合って来てくれたらしい。チキンソテーも話題になってってことは、誰かその時にいらしてたのだろうか？

「ねぇちゃん！　カツカレーおかわり頼む！」

「ジュリちゃん！　こっちもだ！」

「え？　おかわり自由じゃないですからね？　その分、ちゃんとお代金いただきますよ？　ツケも駄目です。わかってますか？」

かなりボリューミーなはずなのに、おかわりを注文する人が続出。

心配でいちいち確認するんだけど——みなさま二つ返事だし、残さず食べる。肉体労働従事者が多いからだろうか？　本当に、とにもかくにも食べる食べる。

カレーなら翌日も食べられるし、余ったら近隣におすそ分けしてもいいしってことで、想定客数の倍以上の八十食分を用意してたんだけど——そもそもお客さまの数が想定より多かったうえに、この様子では……早々になくなってしまいそうだ。

「注文入ります！　カツカレー、二！」

厨房に叫ぶと、お兄ちゃんが顔を覗かせる。

「樹梨！　外のお客さんは？」

「それが……どんどんお客さんが来ていて……」

そりゃ、開店直後よりは減ってるけど、まだまだたくさんいらっしゃる。

「ものすごい勢いでなくなっていってるんだけど。もう残り二十食を切ったし、そろそろ制限かけないとマズいんじゃないか？」

「私もそう思うんだけど、制限をかけたくてもおかわりをするお客さまが多いもんだから、どうしようかと思ってて……」

たとえば、残り十食なら、待機列を八人から十人で区切って、あとのお客さまに帰っていただくことはできるし、簡単だ。でも、これだけおかわりが出ていると、その八人から十人が確実に食べられるとは限らない。どうしたものか……。

「今、残り二十数食だから、あと十名さままで終わりってしたらどうだ？」

「お一人さま二食計算ってこと？」

「そう。余る分には問題ないわけだからさ」

「…………」

普段ならそうなんだけど、今日はマルティネスでの営業初日だもん。できるだけ多くのお客さまに食べていただきたいんだよなぁ。うーん……。

迷ったものの、しかしほかにいい案があるわけでもない。私は仕方なく表に出た。

「申し訳ございません、お客さま」

並んでいたみんなに、予想を大きく上回る数のお客さまが来店くださったため料理が足りなくなってしまったこと、提供できるのはあと十名であることを正直に告げて、私は頭を下げた。

「えっ……あー……そうなんだ……」

「そっかぁ、残念だな……」

大半のお客さまは、すぐに納得してくださったのだけれど——。

「あぁ？　なんだそりゃ、せっかく待っててやったのに、客を追い返すのかよ」

「ふざけんなよ！」

「待たせておいてそれかよ！」

十五～六番目にいた職人風の男の人たちは、ひどく不愉快そうに顔を歪めて声を上げた。

「こちらの見通しが甘く、充分な数をご用意できず、本当に申し訳ございません」

「謝って済むことなのかよ！」

「少ない量しか用意してないなんて、そっちのミスだろうが！」

え？　ミスって……と一瞬疑問に思ったものの、すぐに思い直す。

そうか、私たちからしたら『数量限定でなくなり次第終了』なんて普通のことだけれど、酒場と宿屋併設の食堂以外の飲食店がないこちらではそうじゃなかったんだ。

少々待つことはあっても、今まで食べられないなんてことはなかったのだろう。ううん、もしかしたら食事のために並ぶってこと自体、ほとんど経験がないのかもしれない。

くまねこ亭ではランチ時は必ずと言ってもいいほど待機列ができるし、日替わり定食は数量限定だから『本日は売り切れました』とお断りすることもしょっちゅうだ。

だから、こんなふうに怒られるなんて思ってもみなかった。しまった……。

そのあたりの意識のズレに気づけなかった自分が情けない。ここは異世界なんだから、その『当たり前』を疑ってかからなきゃいけなかったのに。

「それに、待たせてる間に、追加で作ることだってできただろうが！」

「そうだ！　結構な人数が外で待ってることがわかってたんだから！」

「あ、いえ、それは……」

そうか、食に対しての意識が低いと、料理にどれだけの時間と手間がかかっているかもピンとこないのかもしれない。

短時間で人数に合わせてどんどん作れるものでもないのにと思いつつも、そんなことを口にするわけにもいかない。

重ねて丁寧にお詫びをして、私は深々と頭を下げた。

けれど、職人風の男の人はさらに激高。乱暴に、私の手首をつかみ上げた。

「きゃあっ⁉」

「謝れば追い返していいってことにはならねぇだろう！」

「なんとかしろって言ってんだよ！」

「も、申し訳ございません！　あの……」

これはマズいかも！

さすがに血の気が引く。

恐怖に、ギュッと目を瞑った――その時だった。

「やめないかっ！」

鋭い声とともに、グイッと肩を引き寄せられる。

と同時に、私の手首にかかっていた圧力が消える。

解放された私は、ハッとして顔を上げた。

「え……？」

目の前に立っていたのは、先週マルティネスでトラブルを起こしたあの衛兵さんだった。

私を背に庇うように立ち、職人風の男の人をにらみつけている。

「な、なんだよ……」

「なんだよ、はこちらのセリフだな。衛兵の前で暴力事件を起こすつもりか？」

「っ……ぼ、暴力だなんて……」

職人風の男の人たちが少し焦ったように顔を見合わせる。

そしてひどく苛立たしげに舌打ちして、きびすを返した。

去ってゆくたくましい背中に、ホッと安堵の息をつく。

私は心から感謝をしながら、衛兵さんに頭を下げた。

「あ、あの、ありがとうございます……」

「ああ、いや……」

すると、衛兵さんはなんだかバツが悪そうに頭を掻いた。

「まぁ、どのツラ下げて言ってんだって思うだろうけど……」

え……？　ああ、この前は自分が恫喝したのにってこと？

「そんなこと思いませんよ。本当に助かりました」

首を横に振ってにっこり笑うと、ちょっと離れたところにいた少しふっくらした女性が傍まで来て、衛兵さんに寄り添う。――奥さんかな？

びっくりするぐらい若くて綺麗な人だけど、なんだか表情が暗い。顔色もよくない。

「さぁ、戻ったほうがいい。忙しいんだろう？　まだ十人も待ってるわけだし」

「あ、はい。本当にありがとうございました」

再度頭を下げると、衛兵さんがひどく言いにくそうにしながら小さな声で囁く。

「……その代わりってわけじゃないんだが、よかったら少し相談に乗ってくれないか？　ああ、もちろん、営業が終わるまで待つから……」

「え？　相談……ですか？」

なんだろう？

一瞬戸惑った私に、若い女性が申し訳なさそうに会釈する。え？　もしかして奥さんの相談ごとなの？

「はい、私でいいなら。お役に立てるかはわかりませんけど」

この世界のことは、食にかんすること以外まだあまり知らないから。

「営業は、このペースでいくとあと一時間と少しといったところだと思います」

「じゃあ、そのころに来てもいいか？」

「はい、お待ちしておりますね」

「頼む。困ってたんだ……」

衛兵さんが頭を下げて、奥さんらしき人を支えて去ってゆく。

「……？」

私は二人の後ろ姿を見送って――急いで店内に戻った。

◇＊◇

「えっ⁉　妹さんなんですか⁉」

「……？　驚くようなことか？」

衛兵さんがきょとんして、小首を傾げる。

二時間後――。営業が終了し、片づけもあらかた終わったところに、約束どおり二人はやってきた。

お冷《ひ》や――レモン水を出すと、衛兵さんはそれを一気飲みして、「実は相談というのは、この妹のことなんだが」と隣の若い女性の背中をトントンと叩いて切り出したのだけど、まぁ……それで私は驚いてしまったというわけだ。

「ああ、いや……えっと、年齢が離れてらっしゃるように見えたので、奥さまかと……」

「離れているか？　俺は二十七歳だし、こいつは二十三歳だし……」

「「えっ!?」」

思わず、お兄ちゃんと二人して大きな声を出してしまう。

わ、私たちと同じ年齢!?

「に、二十七歳なんだ……。僕と同じ歳？　三十代半ばから後半だと思ってた……」

「奥さん……妹さんは私の少し上かなってぐらいだと……」

だから、十歳ぐらい違うように見えていたのだけれど。

呆然としていると、エレンが呆れた様子で私たちを見る。

「言っておくが、お前らが極端にベビーフェイスなんだからな？　いまだに俺はジュリが二十三歳だってことは信じてないから」

「え？　そこは信……」

「「「ええっ!?」」」

そこは信じてよと言おうとした瞬間、衛兵さんと妹さん、トートさんとリトくんが叫ぶ。

「お嬢ちゃん、二十三歳なのか!?」

「わ、私と同じ年齢……!?」

「ま、まさか！　てっきりリトぐらいかと……！」

トートさん、さすがにひどくないですか？　それ。

「ぼ、ボクも、少ししか違わないと思ってた……。ごめんなさい。ジュリさん」

うっ……。

会心の一撃。がっつりHP《エッチピー》を削られたけれど、ひどく申し訳なさそうに謝るリトくんに、なんとか笑顔で「大丈夫だよ」と答える。

「二十七歳で中隊長はなかなかだな。お前、名前は？」

しかし、爆弾を落とした本人は我関せずな感じで、衛兵さんを見る。

年齢差をものともしない横柄な態度に、しかし衛兵さんは微塵も気にする様子を見せず、自分の胸を叩いた。

「ディーンだ。ディーン・イライアス。妹はクロエ」

「そうか、俺はエレンだ。そっちのベビーフェイスがイッセイとジュリ」

――もっとほかに言い方はなかったんですか？　王子さま。

「変わった名前だな。容姿も、ここらの生まれではないようだ」

「そうだ。遥か東の――海を渡った小さな島国の生まれだそうだぞ」

エレンが平然とした顔で言う。

そうですね、そういう設定です。

「それで、こいつに相談というのは？」

「ああ、相談というか、お願いなんだが……」

そう言って、衛兵さん――ディーンさんがテーブルに手をつき、勢いよく頭を下げる。

「どうか、妹に料理を作ってもらえないだろうか？」

思いがけない言葉に、私は――いえ、私だけじゃなくみんな目を丸くした。

「クロエさんに？」

「ああ……。こいつは今……その……妊娠中で……。ものが食べられなくなってて……」

ディーンさんが視線を泳がせながら、ひどく言いにくそうにモゴモゴと言う。

その言葉にエレンが眉を寄せ、首を傾げた。

「は、妊娠中？　なのに、どうしてお前のもとにいる？」

瞬間、クロエさんはビクッと身をすくめる。

そして、まるで私たちの視線を避けるように身体を小さくして俯いた。

「……？」

エレンとクロエさんの態度の意味がわからず、私とお兄ちゃんは顔を見合わせた。

妊娠した妹が兄の傍にいるのって、『どうして』って言われるようなことなの？

「ええと、エレン？　今の、何かおかしかった？」

「ああ、すごくおかしい。結婚したら婚家に入るものだ。もしかして、お前たちの国では違うのか？」

「え？　えーっと……」

そりゃ、私たちの国でも、結婚は基本的には旦那さんの籍に入る形だけど、だからって妊娠時に実家を頼っちゃいけないなんてことはない。

むしろ、なんの気兼ねなしに身体のことだけを考えて養生できるから、実家で産む人も多いって話だし……。

それをどう説明したものかと思っていると、エレンが「少なくともこの国では、それが一般的だな」と言って両手を広げた。

「だから当然、跡取りとなるかもしれない子供を生む際に頼るべきも婚家の一族のほうで、妊娠中に実家の……しかも兄とともにいるのは稀と言わざるを得ない」

「そう、なんだ……？」

でも、結婚と妊娠は必ずしもイコールじゃないよね？

一瞬そう思ったものの――いや、日本だって、一昔前まではシングルマザーが普通って感覚はなかったか。

デリケートなことだし、見るからにクロエさんは居心地悪そうにしてるしで、何をどう言っていいやら迷っていると、ディーンさんがギリギリと奥歯を噛み締めて、両手の拳をテーブルに叩きつけた。

「妹は、騙されて……捨てられたんだ……！」

「えっ……!? す、捨てられた!?」

「ああ、そうだ。相手は最近羽振《はぶ》りのいい中流階級の男だ。妻子があったにもかかわらず、それを隠し、妹に近づいたんだ……！」

「なるほど。そしてコロリと騙されてしまったと」

……エレン、ちょっと言葉を選ぼうよ。

お兄ちゃんとともにジロリとエレンをにらむも、当人は「なんだよ？ 直接的だろうが遠回しだろうが、結局は言ってることは同じことだろう」と言う。デリカシーってもんをどこに忘れてきたの？ 探してきなさい！

だけど怒る気力すらもうないのか、ディーンさんはため息をつくのみ。

「っ……そうだ……！ クロエはすっかり惚れ込んじまっていて……」

そして盛大なため息とともに、片手で目もとを覆った。

「持参金として両親が遺していた金を、男に求められるまま渡しちまった」

「持参金？」

首を捻りながら再びエレンを見ると、すかさず説明してくれる。

「この国では、結婚時に実家が持参金を持たせるのが普通だ」

「えっ!? そうなの!?」

絶句した私に、しかしお兄ちゃんは「それは日本もあるよ」と言う。えっ!? 嘘！

「お金だからピンとこないだけだと思うよ。日本の嫁入り道具がこの国では現金なんだよ。これからの生活に苦労しないようにって持たせてくれるものと思えば……」

「あ、そういうことか」

「形としては、嫁は持参金とともに婚家に収められる。だが、それは婚家が勝手に使える金というわけではない。離婚したり、若くして死別して実家に戻ることになる場合には、返金されるのが決まりだ。まぁ、ある種の保証のようなものだ。実家にはこれだけの金を用意できる経済力があり、この娘は育ちも生まれも卑《いや》しい者ではありませんという」

「なるほど。それを要求されたんですか？　結婚前に？」

それって、どう考えてもおかしいと思うんだけど。

彼氏に『結婚前に嫁入り道具寄こせ』なんて言われたら、私ならまず詐欺《さぎ》を疑うけど。

「そうなんだ……」

私がそう言うと、ディーンさんが力なく頷く。

「その時点で相談してくれていたら……」

「ってことは、クロエさんは言わなかったんですか？」

「ああ、それをおかしいと思えないほど、クロエはそいつにぞっこんだったんだ……」

「それで、言われるままにお金を持ち出して渡してしまった？」

ディーンさんは頷き、そして怒りに身を震わせた。

「それだけならまだしも、男はあろうことかクロエに、こ、こ……婚前交渉を……！」

「……！」

こ、婚前交渉って……。

思わず、かぁっと顔を赤らめてしまう。

「一度拒《こば》んだら、『俺を愛していないのか！　それなら、結婚するのはやめよう！　俺を愛していない女と一緒にはなれない！』って怒鳴られたそうで……それで妹は……」

「身体を許してしまったというわけか……」

エレンがため息をつく。

「それで、妊娠したとわかった途端、男は逃げて行ったというわけだな？　男にとって、クロエはあくまで浮気相手。はなから結婚する気などさらさらなかったから」

「身も蓋もねぇ言い草だが……そのとおりだ……」

ディーンさんが悔しげに顔を歪めて、再びテーブルを叩く。

「妹が傷ものにされたうえに、捨てられたんだ。何度も文句を言いに行ったが、『証拠があるのか』、『お前の妹なんて知らない』の一点張りで、あまつさえ『貧乏人に僻《ねた》みから難癖《なんくせ》をつけられてつらい』などと被害者ヅラする始末だ」

「何それ……！」

「最低な男だな……」

　思いっきり顔をしかめた私とお兄ちゃんに、ディーンさんが何度も頷く。

「ああ、あんな最低男に大事な妹を嫁がせるつもりはもとよりない。だが、あの持参金は、他界した両親がクロエのために汗水垂らしてコツコツと貯めた大切な金だ。生まれてくる子供のためにも、それだけは取り返したいと思っている」

　でも、上手くいっていないんだろう。ディーンさんの表情が一気に暗くなる。

「だが、相手がやったことを認めてないってことは、当然その交渉も上手くいってなくて、悔しさと腹立たしさと情けなさで、この一か月は酒が増えて増えて……先週の件は本当にすまなかった」

「そういう事情があったんですね……」

　トートさんがそう呟くと、ディーンさんはふとそちらを見て、首を横に振った。

「それでも、荒れて大酒を呑んだうえに、恫喝してツケを強要するなんてやっていいことじゃない。反省している」

　エレンの言葉から察するに年齢のわりに出世しているみたいだし、もともとは真面目で良い人なんだろう。それが口ぶりからも見て取れた。

「普通はもっと早く嫁に行くものだが、俺が……その……ほとんど生活力がなくてな……。クロエが心配して、ずっと俺の世話をしてくれていて……。なんと言うか、俺のせいで、クロエは……」

「……違うよ」

そこで――それまで黙っていたクロエさんが、はじめて口を開く。

そして綺麗なセピア色の髪を揺らして、首を横に振った。

「たしかに、十六歳から十八歳でお嫁に行くのが普通だよ。でも私は、無理して兄さんの傍にいたわけじゃない。父さんや母さんが早くに逝ってしまって、私を守ってくれたのは兄さんだもの。少しでも長く傍にいて、兄さんの役に立ちたかったのよ」

その言葉に、ハッと息を呑む。

ああ、そうか。お嫁に行ったら婚家に尽くすものだから、その前に少しでもお兄さんに恩返ししたかったんだ。

クロエさんの胸の内を思って、キュウッと心臓が締めつけられる。

「だから……兄さんが手柄を立てて中隊長になったら、今度は早く結婚しなくちゃって、思うようになっちゃって……。兄さんを安心させてあげなきゃって……」

「クロエ……」

「今だから、わかる……。私……すごく焦ってたの……」

「…………」

クロエさんの震える声に、私はそっと目を伏せた。

ああ、わかる……。

私もそうだった。家を――店を支えて、私のために頑張ってくれるお兄ちゃんのために、私も何かしたくてたまらなかった。

早く成長したい。学校を卒業したい。お兄ちゃんの助けになりたい。

ずっとずっと、そう思ってきたから――。

「ごめんなさい……。兄さん……。本当に、ごめんなさい……」

大きなセピア色の目から、ホロホロと大粒の涙が零れる。

「クロエさん……」

「クロエ、泣かなくていい。騙したあの男が悪いんだ。お前は悪くない」

ディーンさんはその震える細い肩を強く抱いて、あらためて私たちを見つめた。

「クロエの体調が悪いんだ。つわりというやつだろう？　実は、妊娠したことがわかって、相手とトラブルになっていたこの一か月間あまり、クロエはずっと食欲がなくてな……」

そりゃ、そうだろう。

つわりもあるうえ、そんな状況で、食欲なんて出るはずもない。

「最初は子供のために無理やりにでも食べていたんだが、どんどんつわりがひどくなって食が細くなっていって……。ついにこの四日ほどは、自分で料理をつくることもできなくなっちまってな……。なんとかしてやりたいんだが、俺は料理ができねぇし、かといってクロエを酒場に連れてゆくわけにもいかねぇだろう？」

「そりゃ、そうですね」

「酒場の主人に相談して、料理を作ってもらって持ち帰ったりもしたんだが……駄目でな。このままではお腹の子にもよくない。どうしたものかと考えていたら……その……同僚がこの宿のことを話していて……。それであのチキンのことを思い出して……」

そこまで言って、ディーンさんが姿勢を正す。

「あんなことがあったのに、頼るなんて図々しいと思ったが……背に腹はかえられねぇ。だから、こうして恥を忍んで頭を下げに来たんだ……」

そして私たちを見つめて、勢いよく頭を下げた。

「頼む！　クロエが食べられる料理を作ってくれねぇか？　当然、支払いはする！」

「そんな……やめてください。ディーンさん」

「そうですよ、頭を上げてください」

その話を聞いて、駄目だなんていうわけないじゃないですか。

私たちはにっこり笑顔で首を縦に振った。

「もちろん、作りますよ。任せてください」

「っ……！　ほ、本当か⁉」

ディーンさんが感激した様子で、目を潤ませる。――いいお兄さんだなぁ。

私はまだ鼻を啜っているクロエさんに視線を移して、優しく微笑みかけた。

「クロエさん、レモン水はどうですか？」

「え……？　あ、はい……あの、美味しいです……」

「胸につかえる感じはしませんか？　モヤモヤする感じとか……」

「今のところは、とくに……」

妊娠すると酸っぱいものを欲する人が多いと言うけれど、あくまでそれは一般的な話。

厳密には、好みの変化は人それぞれ違うから、全妊婦さんがこれなら食べられるという画一的なメニューは存在しない。

でも、レモン水がまったく問題ないのなら――。

「お兄ちゃん、私……すごくない？」

「うん、グッドタイミングだったな」

偉いぞというようにお兄ちゃんが私の頭をぐりぐりと撫でる。

そして私たちは、勢いよく立ち上がった。

「すぐに作ります。少しお待ちを」

「クロエさん、リラックスして休んでいてくださいね」

私たちはそう言って、厨房へ。

「たぶん、同じこと考えてるよね？」

「ああ、カレーのために取ったブイヨンの余りが少しあるから、それを使おう」

「具はどうしようか？　玉ねぎ、セロリ、じゃがいも、ポワロー……いろいろあるけど」

「いいものがあるよ」

そう言ってお兄ちゃんが食材棚から取り出したのは——茎に近いところが赤みを帯びたカブだった。

「え？　カブ？　こっちにもあるんだ」

「これも、大豆と同じでおもに飼料用なんだって。でも、ちゃんとカブ。食べてみたけど、変なエグ味や青臭さは一切ない。本当に普通のカブ」

「へぇ。飼料用ってことは、安く手軽に手に入れられる食材ってこと？」

「うん、そう。だから、買ってきたんだってさ。これを美味しく料理する方法があったら教えてほしいって」

カブの茎の部分を二センチほど残して切り、皮を剥いて六等分にして、水にさらす。

そして鶏腿肉を一口大に切り、軽く塩で下味をつけて、フライパンで表面をサッと焼く。

それを余っていたブイヨンに入れて、中心に火が通るまで煮込む。

鶏肉に火が通ったら、カブを投入。弱火にしてしばらくコトコト。

同時進行で、別のお鍋でリゾット用のお米を水から炊く。

カブもお米もいい感じになってきたところで——。

「さぁ、お祖母ちゃん！　出番です！」

取り出したるは、お祖母ちゃんの梅干し。

「漬けものをお祖母ちゃんって呼ぶのやめろよ……」

「お祖母ちゃんのお漬けもの、略してお祖母ちゃんだよ」

「どういう略し方なんだよ……」

お兄ちゃんが呆れ顔で言って、甘いほうの梅干し一個をちぎって、カブのお鍋に入れた。

私は甘いほうと酸味が強いほう、それぞれ種を取って包丁で細かくなるように叩いた。

「病気をしたら、うちは必ずこれだったよね。梅風味のスープと梅粥《うめがゆ》」

「そうだな。食べられるといいけど」

スープボウルを二つ出して、スープとお粥を入れる。そして小皿に二種類の叩き梅――梅ペーストを乗せる。さらにほかのお皿に、二種類の梅干しも盛りつけた。

「OK、できあがり」

私たちは頷き合って、料理を客席へと運んだ。

「お待たせしました。鶏とカブの梅風味スープに梅粥です」

「ウメ……？」

テーブルにすべてを並べると、全員が興味津々といった様子でそれを眺める。

「はい、私たちの国に伝わる伝統の食材なんです。クロエさん、まずはスープからどうぞ。あ、駄目だと思ったら無理しないでくださいね」

「は、はい……」

クロエさんが木匙でスープをすくって、おそるおそるといった様子で口をつける。

一口飲んで——大きな目をさらに大きくして、すぐさま次を口へと運ぶ。

スープだけじゃない。鶏肉もカブも、はふはふと息をつきながら食べる。

「く、クロエ……？」

「お、美味しい……！」

ディーンさんが心配そうに声をかけたのと同時に、クロエさんはパァッと顔を輝かせた。

「美味しいです！　スープはとても優しくて、お肉は柔らかくて、お野菜は甘くて……。

少し酸味があって、そのせいですごくさっぱりしていて……」

そして、はじめて綺麗な笑みを見せてくれた。

「美味しい！　これなら食べられます……！」

「っ……」

華やかで、だけど楚々として清らかな、美しい笑顔に、ディーンさんが思わずといった様子で息を呑む。

私とお兄ちゃんもホッとして笑い合った。

「よかった……！」

やっぱり、お祖母ちゃんは偉大！

「本当に美味しいです。ウメ……。この、赤っぽいのですね？」

「はい、そうです。では、こちらも試してみてください」

私はクロエさんの前に白粥と梅のペーストを移動させた。

「こちらは多めのお水でお米をリゾット風に炊くだけなので、難しくありません。これに梅で作ったペーストを少し混ぜて、食べてみてください。こちらが酸味が柔らかいもので、こちらがかなり酸っぱいものになります」

「はい……」

甘いほうの梅ペーストをすこしだけ白粥に入れて、軽く混ぜて、口に運ぶ。

「んっ……はふ……！」

そして、さらに梅の混ざってない部分を食べて、ほうっと息をつく。

「あ、美味しい。なんでしょう？　さっきよりかなり酸っぱいんですけど、それがお米の甘さを引き立てているというか……。お米って、味をつけなくても美味しいんですね？　私、お水で炊いただけのお米ってはじめて食べました」

こっちのお米は日本のそれとは違うので、ちょっぴり炊く時にコツが必要なんだけどね。それでもそれさえ守れば、充分美味しい。

じゃあ、今度は酸っぱいほう。

「んんっ……！」

クロエさんがビクッと身を震わせ、大きく目を見開く
「鮮烈！　これは……元気が出ますね」

「あ、食べられそうですか？」

「はい、美味しいです」

おお。まさか酸っぱいほうもいけるとは。

意外に思いながら、私はほかのみんなを見回して、梅を持った皿を示した。

「みなさんも、試してみてください。甘いほうからどうぞ。あ、種があるので気をつけてくださいね。呑み込んじゃ駄目ですよ」

みんなが次々と手を伸ばす。

クロエさんの反応を見ているからか、それほど酸っぱいものだとは思っていなかったのだろう。全員が全員、気軽に丸々一つ、一気に口に入れてしまう。

「ッ……!?」

瞬間、全員が顔のパーツをギュッと中心に寄せる――いわゆる『酸っぱい顔』をする。

「っ!?　なんです!?　これ！」

「な、なんだ!?　酸っぱい！」

「これで甘い、だと？　いや、まさか……っ……！」

「じゅ、ジュリさん、これボク……無理かも……！」

「それは甘いほうなんです」

そう言うと、エレン以外の全員が『これは本当に食べものなのか？』という顔をする。

私は思わず笑ってしまった。

「なんでかなぁ？　梅干しにそういう反応示す外国の人って多いよね」

もちろん、酸っぱいものを食べたことがないわけじゃないんだよ？　日常的にフルーツビネガーやワインビネガーを食べてるのに、梅干しはなんかそんな反応になっちゃうの。

「酸っぱいプラスしょっぱいだからかもね。酸っぱいだけならいけるのかもよ」

「あ、そっか。ビネガーは別にしょっぱくはないもんね」

お兄ちゃんの言葉に納得していると、ディーンさんがなんだかものすご～く心配そうにクロエさんの顔を覗き込む。

「クロエ……。本当に大丈夫なのか？」

「え？　うん、美味しい。本当に美味しいよ」

「つわりの時は、酸っぱいものを欲する方が多いんです。酸味が強めのフルーツなんかは食べやすいと思います」

「そ、そうなのか？　じゃあ、このウメも……」

「クロエさんにとってはとても食べやすいんだと思いますよ」

にっこり笑うと、ディーンさんがホッとした様子で息をついた。

「これ、持ってきたのか？」

何やら考え込んでいたエレンがそう言って――私は頷いた。

「私たちの国の伝統食が、どのぐらいこの国の人たちに受け入れてもらえるものなのか、少しずつ試していかないとってことで持って来たの。今朝、急に思いついてね。ほかにもいろいろと。だから、本当にグッドタイミングだったんだよ」

「そうか……」

エレンがまた逡巡しながら、「こんなものまであるのか……。奥が深い……」と呟く。

どうやら、許容範囲の広いエレンにとっても、カルチャーショックな味だったみたい。

「うん、食は奥が深いよ」

だから、今日はちょっと反省した。まだ、私たちの国の常識をもとに行動していた。

そうじゃない。

それじゃ駄目だ。

私たちの国の知識をフル活用しながらも、発想は豊かに。ここでは『当たり前』なんてまだ存在しないのだから、何ごとにおいても枠にとらわれず自由に。

そうじゃないと、作り上げる食文化が小ぢんまりしたつまらないものになってしまう。

それはもったいない。

食ほど自由なものはないのだから。

「……あ……」

ふと、思う。

じゃあ、こちらに作る『くまねこ亭』は、もっと自由でいいのでは？

もちろん、家庭でも作れるようにと広める料理のほうは、食材が手軽に手に入ることや、家にある調理器具で調理できるものじゃなきゃ駄目だ。その制約は外せない。

でも、みんなの憧れで、飲食店を目指す人たちの指針でもある『くまねこ亭』の料理は、この世界の誰にも再現できないものでもいいんじゃないの？

それこそ、魔法のような――。

「…………」

私は唇を綻ばせ、ディーンさんに視線を戻した。

「ディーンさん、また明日来てください。梅をお分けしますよ。今日は、味見用の量しか持って来ていないので……明日に」

「えっ!?　い、いいのか!?」

「ええ。クロエさん用に持って帰ってください。ほかにもいくつかお教えしますね。まずはこのペーストは、梅干しの種を取って……」

目の前で、甘いほうの梅で実演してみせる。

「この状態にして、ナイフでトントンと叩くだけです」

「え？　それだけなのか」

「ええ、お粥にはこのまま混ぜましたが、さらに簡単なものもあって……コップ一杯分のお湯に混ぜると、梅湯に。これをバターに混ぜると梅バターになります」

「ウメバター？」

「はい。――あ、ありがとう」

お兄ちゃんがナイフとバターケースと小さな容器とスプーン、薄くスライスしたパンを持って来てくれる。

私は叩き梅を作って、適量のバターとしっかり混ぜ合わせると、パンに塗った。

「食べてみてください」

「う……」

さっきの衝撃が頭にあるのか、ディーンさんは少し怯んだものの――受け取って、おそるおそる口へと運んだ。

「ん……？　おっ!?　これは美味いぞ！」

「あ、よかった。こうしてパンに塗ってもいいですし、茹でたり蒸かしたりしたお芋や、お野菜につけて、茹でたパスタをあえても美味しいです」

「なるほど。これなら、俺でもできそうだ……」

トートさんたちにもすすめると、全員が驚いたように「美味しい！」と言う。

「さっきと全然違う……」

「こうなると、酸味がクセにもなるな」

「そうですね。いやはや、驚きましたな……」

そうこうしている間に、クロエさんが梅粥と梅風味スープを完食する。

すっかり空になった器を見てディーンさんは感激した様子で顔を歪めると、テーブルに両手をついて深々と頭を下げた。

「ありがとう！　お嬢ちゃん……。いや、ジュリちゃん！」

「いいえ、こちらこそありがとうございました！　ディーンさんは、すごい！」

満面の笑みでそう答えると、意外な言葉だったのか、ディーンさんが目を丸くする。

「は……？」

「また、大きなヒントをいただいちゃいました。今回も、前回と同じくこれからに繋がる重要な気づきでした。本当に、ありがとうございました」

私はディーンさんに負けないぐらい、深くお辞儀をした。

そもそも、あのトラブルがなければ、あれほどのお客さまが来てくださっただろうか？

ううん、初日からあれだけの行列ができたのは、間違いなくあのトラブルのおかげだ。

そんな私に、ディーンさんがオロオロと視線を泳がせながら、以前と同じことを言う。

「よ、よしてくれ。礼なんか言われちゃあ、どうしたらいいかわからねぇ」

「そう言われても、二度も助けてもらっちゃいましたもん。お礼を言わないわけには……あ、違う。三度ですね。今日、激高した男の人から助けてもらいましたし」

「あのぐらい……。俺はデカい借りなんてありませんよ。それ以上のものを返していただいちゃってますもん。そんなこと考えずに、またいらしてくださいね？　どのツラ下げてなんて言わずに。あ！　ツケはなしですけど」

「……それはもうしねぇよ」

ディーンさんは苦笑して、それからクロエさんの肩をそっと抱いた。

「お前の笑った顔を、久々に見た……。来てよかった……」

「兄さん……」

クロエさんが申し訳なさそうに目を伏せて、ディーンさんの肩に額をつける。

私は身を乗り出すと、腕を伸ばしてクロエさんの華奢な手に自分のそれを重ねた。

「そうですよ。悔しいし、許せないけれど、そんなクズ男のために不幸な毎日を送るのはもっと悔しくないですか？　許せなくないですか？　外野の勝手な意見であることは重々承知のうえであえて言いますが、そんなクズ男のために人生を棒に振っちゃ駄目ですよ。結局、クズ男から受けた傷なんかどこにも見当たらないぐらい幸せになってやることが、クズ男への一番の仕返しになるんだと思います！」

「……！　ジュリ……さん……」


わかってる。忘れられるわけがない。

心に受けた傷は、これからもクロエさんをさいなむだろう。

噂話や、好奇の視線などが、たくさんの新たな傷を作るだろう。

だけど、負けちゃ駄目だ。

だって――。

「私が幸せになれないと、お兄ちゃんも幸せになれないんです」

その言葉に、お二人がハッと息を呑む。

「お兄ちゃんが幸せになってくれないと、私も幸せになんてなれません。きっとお二人も一緒だと思います。そう思うと、意地でも幸せになってやろうって思えませんか？」

泣き寝入りは悔しいよ。そんなことしたくないよ。何がなんでもお金を取り戻したいし、徹底的に仕返しだってしてやりたいよ。わかるよ？　わかるけど、お金を取り戻すことや制裁を加えることに躍起になっちゃいけないと思う。

仮にお金を取り戻しても、仕返しができても、それは『気が済む』だけだよ。

それは『幸せ』になるための方法じゃない。

それが――今のでわかったと思う。

「大事な人を幸せにするために」

クロエさんが笑っただけで、ディーンさんは泣きたくなるほど嬉しいんでしょう？

そんなディーンさんと一緒にいられるだけで、クロエさんは心が安らぐんでしょう？

だったら、それを忘れては駄目。

そここそを、追求しなきゃ駄目。

その先にこそ、『幸せ』はあるんだから。

「美味しいものを食べて、元気になって——幸せになりましょう。大好きな人のために」

「っ……」

私の言葉に、お二人が今にも泣き出しそうに顔を歪めて、頷く。

「そうだ。クズには、それに相応しい鉄槌が必ず下る。金を毟り取るのも、ほかの誰かがやってくれるさ」

満足げに梅バターパンをかじりながら、犯罪が得意な王子さまが笑う。

何かたくらんでいる確信しかない不敵な笑みに、今日ばかりは頼もしさを感じる。

「まぁ、見ていろ」

——ほ、ほどほどにね？

第五章　わいわいみんなで、豪華五目ちらし寿司

　シングルソファーに深く腰掛け、腕を組み、足を組み、目を閉じて——エレンがじっと考えている。

　灯っているランプは、ライティングテーブルの上の一つだけ。部屋の中はかなり暗い。

　ふわふわと浮遊する無数の羊皮紙と同じ数の羽ペンたち。羽ペンたちは忙しなく動いて、羊皮紙に何やら書き留めている。

　唯一の明かりに照らされた横顔に、思わず見惚れてしまう。

　長い金糸の睫毛が、目の下に繊細な影を落とす。まっすぐ通った鼻筋も、力強い眉も、引き締まった頬も、引き結ばれた薄い唇も——何もかもが息を呑むほど綺麗だった。

「……エレン」

　そっと呼ぶと、羽ペンたちがピタリとその動きを止める。

　そして、エレンがゆっくりと目蓋を持ち上げる。

　現れた金色に輝く双眸が、私を映した。

「ああ、ジュリか。——ご苦労」

「遥かなる高みからのねぎらいのお言葉、恐れ入ります」

そう言って笑って——私はエレンに近づいた。

「どう？　できそう？」

「少し道筋が見えてきたところだな。理論上は可能だし、やってみせるさ」

「ご、ごめんね？　なんか厄介なこと提案しちゃって……」

魔法のことなんて何もわからないから、気軽に言っちゃって……。

おずおずと言うと、エレンが少し驚いた様子で私を見上げた。

「何を謝る？　むしろ感謝したいぐらいだ。楽しくて仕方がないからな。やりがいもある。

なんせ前代未聞の大魔法を構築だ。これほどワクワクすることがあるか？」

そう言ってエレンが片手を前に差し出すと、浮遊していた羊皮紙たちが集まって来て、
その上に重なる。

「異世界召喚は過去に例があった。それで国が混乱したために禁じられ、今やその魔法は
失われてしまっている。それを復活させるのだってかなり楽しかったが、これはそもそも
過去に例がない」

そして、私に視線を戻して、ニヤリと笑った。

「この世界と異世界を繋ぐ——なんてな」

そう、それこそ——私ができないかとエレンに相談したことだ。

マルティネスでの営業初日、こちらに作る『くまねこ亭』はもっと自由であるべきだと気づかされた。

もちろん、家庭でも作れるようにと広める料理のほうは、食材が手軽に手に入ること、家にある調理器具で調理できるものといった数々の制約を外すことはできない。

各家庭で作れない料理を広めても、それは文化になり得ないからだ。

でも、みんなの憧れで、飲食店を目指す人たちの指針でもある『くまねこ亭』の料理は、その制約の下から解放されていてもいいんじゃないか。

この国の人たちが見たことも訊いたこともない、家庭では決して再現できないものでもいいんじゃないか。

そう考えたら、お兄ちゃんには『一番いい環境』で料理してほしくなった。

一番いい環境——そう。私たちの世界の『くまねこ亭』で。

私は魔法のことは何も知らないから、異世界の人を召喚できるぐらいなら二つの世界を繋ぐことはできないのかと、単純に考えた。

私たちの世界の『くまねこ亭』で作った料理をこの世界で作る予定の『くまねこ亭』で出せないだろうか？

たとえば、扉一つで私たちの世界とこの世界を行き来できないだろうか？

お兄ちゃんが私たちの世界で料理を作って、私がこの世界でお客さまに給仕することができないだろうか――？

その提案に、エレンは『そんな魔法はない』と言った。

だけど、そこはさすがエレンだと思う。

『ないから無理だ』とは言わなかった。『ないなら作ればいいよな』と言って笑った。

あれから一か月――。エレンはその大魔法を作り上げるべく、ほとんど不眠不休で取り組んでくれている。

「――うん、ここまではいいだろう。カルロにチェックさせねば」

エレンが羊皮紙たちに目を通して、満足げに頷く。

「あ、カルロさん手伝ってくれるの？　最初に話した時、泡噴いちゃってたけど……」

「いや、させる」

「……させるって……」

「だって、これは禁忌ではないんだぞ？　今までその魔法自体がなかったからな。当然、禁じる法もない。ビビるほうがおかしいんだ」

「……法律が追いついてないだけで、絶対に犯罪としてはレベルが上がってるよね？」

そりゃ、ビビるよ。ビビらないほうがおかしいよ。処刑の上の刑罰ってなんだろうって私ですら思うもん。まぁ、言い出しっぺは私だけども。

けれど、エレンは理解できないといった様子で「それがなんだ？」と言う。

なんで釈然としていないのか、私が釈然としない。

「世界初の大魔法を作り上げようとしているのだぞ？　そんなもの魔法使いの夢だろうが。それなのに、いちいち細かいことを気にしやがって」

――細かくはないだろうと思いつつも、言い出したのは私なので黙っておく。

すると、エレンはふと何かに気づいたように私を見上げ、ポケットを探った。

「ああ、そうだ。お前たちにこれを渡さねばと思っていたんだった」

そう言って、ポンと何かを放って寄こす。

「わわっ⁉　えっ……？　何？」

私は慌ててそれを受け取って――きょとんと目を丸くする。

手の中にあったのは、魔法書デザインのペンダントトップだった。

「あれ？　これ、前にもらったよね？　偽造戸籍でしょ？」

「それは偽造じゃない。正式な戸籍だ」

「えっ⁉」

「ありとあらゆる書類を捏造して、正式な戸籍を作ってやった。お前たちの両親や親族の記録や、生まれた時に祝福を授けた教会や司祭などの身元保証機関や保証人も用意してな。設定は変わらない。遥《はる》か東の島国から祖父の代にこの国に移り住んだ兄妹、だ」

ものすごく恐ろしいことを言って、エレンがニヤリと口角を上げる。

「これで、お前たちも晴れて、この国の人間だ」

ってことは、一応不法入国者じゃなくなったってことだよね？

異世界から召喚されていることさえバレなければ、罪に問われることはないと。

「……でも、これも、絶対に犯罪としてはレベルが上がってるよね？」

「まぁな？　だが、犯罪者とは犯した罪が表に出てはじめて、そう呼ばれるんだ。だから、俺は犯罪者ではないぞ。足がつくようなヘマはしないからな」

ど、堂々と言うことじゃないんだよなぁ……。

「むしろ、悪さが発覚して捕まるようなことがあったら俺も人の子だったんだなと思うな。まぁ、そんなことは天地がひっくり返ってもあり得ない。安心していろ」

「す、すごい自信……」

「当然だ。俺を誰だと思っているんだ」

自信に満ち溢れた言葉に、不敵な笑み。挑発的な金色の眼差しに、心臓が小さく跳ねる。

ああ、こういうところ、本当にエレンだなって感じがする。

第七王子なんてものの数に入らないみたいなことを言ってたけど、そうじゃないと思う。

エレンがやりたいと思ったことが、民から遠く隔たった王宮の中にはなかっただけなんじゃないかな？

情に厚くて、民のために身を削ることにまったく躊躇いのない王子さま。

民のために振るうのは、身分じゃない。権力じゃない。自分自身が持つ力だけ。

本来なら、王宮で庶民のそれとは比べものにならないほど贅沢な暮らしをしていられるはずなのに、民の幸せのためなら泥を被ることも厭わない。

それって、素晴らしいことだと思う。

「あ！　そういえば訊こうと思ってたんだ。今日、営業終わりにディーンさんが言ってた。クロエさんを騙した男が捕まったって」

私がポンと手を叩いて言うと、エレンが羊皮紙を見つめたまま「ああ、そうか……」とまったく興味なさそうに言う。

驚かないところを見ると――やっぱりそういうことなんだろう。

「エレンが手を回したんだね？」

そう言うと、エレンが小さく肩をすくめる。

「別に大したことはしていないぞ？　調べたら、あのクズに騙されたのはクロエだけじゃなかったんだ。泣き寝入りするしかなかった被害者たち全員から話を聞いて、その証言をまとめたうえで、俺の名で軍の上層部を少し脅してやっただけだ。お前の目は節穴かとな。王子直々の叱責だ。すぐに動くと思っていたが……意外に早かったな」

「ディーンさん、泣いて喜んでたよ。お金も戻ってくることになったって」

「それはよかった。くれぐれも、俺のことは言うなよ？」

「私もお兄ちゃんも言わないけれど、いかにも自分は高貴な人間ですって言わんばかりのその態度をなんとかしないと、いつかバレちゃうよ？」

「それは仕方がない。生まれ持った気品は、どうしても出てしまうんだ」

エレンがしれっとした顔で言う。

もう、何言ってるの。

私はクスクス笑うと、エレンの正面に回ってにっこり笑った。

「だから、ディーンさんの代わりに私がお礼を言っておくね？　ありがとう」

「礼などいらん。大したことじゃないと言ったろう？」

エレンはそう言うと、書類から顔を上げて私を見つめる。

「礼を言うべきは俺のほうだ。――ジュリ」

そして――金色に輝く双眸を細めて、穏やかに笑った。

「俺の夢につき合ってくれて、ありがとう」

「っ……！」

いつもの上から目線じゃない――素直な言葉に、ドキンと胸が高鳴る。

その一言がとてつもなく嬉しくて、私は思わず破顔した。

「何言ってるの？」

俺の、だなんて。

「もう、『私たちの夢』でしょ？」

だったら、一緒に走るのは当然のことだよ。

◇＊◇

「う、わぁ～！」

前代未聞の大魔法が完成したのは――それから半月後の日曜日。

いつもなら、開店準備どころかまだ集合すらしていない時間帯に、私たちは中流階級の住宅が並ぶ区域に呼び出された。

呼んだのは、もちろんエレン。

大通りに面した一等地にあるその空き物件は、もともと酒場だったらしい。今は完全にスケルトン状態で何も残っていない。でも、物件所有者が定期的に掃除をしてくれていたのだろうか？　一年空いていたとは思えないぐらい綺麗だった。

客席からは厨房の様子は一切見えない。客席と厨房を繋ぐのはドアのない出入り口だけ。あとは壁だ。

キョロキョロと店内を見回していると、その出入り口からエレンが顔を出した。

「おお、来たか」

私、トートさん、リトくん、ディーンさんをぐるりと見回して、エレンが手招きする。

ちなみにディーンさんは、クロエさんのための梅干しを取りに来た営業日二日目から、待機列の整理をしてくれている。

その後も噂が噂を呼んで——お客さまはどんどん増えていって、すぐにどう頑張っても全員に対応することが難しい状況になったから、本当にありがたかった。

先着○名さまのみ、売り切れ次第終了が当たり前として定着するまでは、やっぱり少しお断りするのが怖くなってたから。

「見ろ」

言われるまま厨房に入って、私たちは思わず目を見開いた。

「……！　これは……」

厨房にも何もなく、漆喰の壁と廃材の床があるだけだった。

ただその壁と床には、ビッシリと——私には読めない文字が刻まれていた。

本当に、空きスペースが一切ないぐらい。ところどころ計算式や魔法陣のようなものも書かれている。

「これは、魔法文字《ルーン》か……？」

ディーンさんが呆然とした様子で、それらを眺める。

「そうだ。これで準備は整った」

エレンが厳しい表情のまま、トートさんたちを見る。

「イッセイとジュリについては、昨夜話したとおりだ。これから、こことイッセイたちの世界を繋ぐ」

トートさんたちが息を呑み——顔を見合わせる。

まだ半信半疑なのか、どう反応していいかわからないといった様子だ。

「さぁ、出てくれ。——仕上げをする」

私たちは厨房を出て、さらに壁際まで下がった。

「いくぞ」

エレンが私たちの前に、厨房のほうを向いて立つ。

パンと手を打ち鳴らすと、魔法使いの杖——だろうか。煌びやかな王笏《おうしゃく》のようなものが何もない空間から現れる。

エレンはそのキラキラと光り輝く杖をつかむと、それでドンと突いた。

「Й Λ α ε Σ μ Π δ Δ γ……」

エレンが翻訳魔法が一切機能しない——つまり私にはまったく意味のわからない言葉を唱えはじめる。

不思議な節《ふし》のついたそれは、まるで歌のようでもあって思わず聞き惚れてしまう。

「あ……！」

厨房の出入り口から金色の光があふれ出す。その輝きはどんどん強くなっていって――

いつもの転移の時のような鮮烈な閃光になる。客席と厨房の間に壁がなかったら、ここも
真っ白に染まっていただろう。

眩しくて思わず目を閉じた瞬間、それは唐突に消えた。

「……？」

目をパチパチと瞬かせて、私は出入り口を見つめた。

「――成功だ」

瞬間、エレンがほーっと安堵の息をつく。

「ほ、本当？　でも、相変わらず向こうには何も見えないままだよ？」

何も変わった様子はない。

「いや、ちゃんと成功している。ジュリ、入ってみろ」

「う、うん……」

私は言われるまま、出入り口から厨房へと入った。

「――っ！」

一歩入った瞬間、目に映る景色がガラリと変わる。

私はビクンと身を弾かせ――唖然としてあたりを見回した。

そこは、いつもの『くまねこ亭』だった。

お兄ちゃんが突然現れた私を見て、「お？　成功した？」と笑う。

「っ……！」

慌てて振り返る。

そこには、いつもどおりの客席があった。子供のころから見慣れた、くまねこ亭の店内。

それなのに、どこからかエレンとディーンさんの声も聞こえる。

『おお、消えたな。これでジュリがどこか知らない場所に飛ばされてなければ成功だ』

『はっ⁉　そ、そんな可能性があるのか⁉　そそそれは……』

『もちろんあるさ、失敗していたらな』

『そ、そ、その場合でも戻ってこられるのか⁉』

『それは無理だな。帰るための魔法陣は、あちらの厨房の出入り口に設置しているからな。あちらの厨房に出られなかったら、帰って来ることはできない』

『ええっ⁉』

「………」

え？　そんな可能性があったの？　はじめて聞いたんだけど。

「なんかエグいこと言ってるな……」

「も、戻るの怖くなったんだけど……」

「でも、戻らないわけにもいかないだろ？　頑張れ」

お兄ちゃんが作業の手を止めることなく、スパッと言う。あ、あっさりしてるなぁ！

他人ごとだと思って！

「か、帰るための魔法陣って？」

「エレンが昨夜一晩かけて刻んだのはそれだよ」

よくよく見ると、出入り口のドア枠に小さい傷のようなものがビッシリと刻まれていた。

あまりにも小さ過ぎてパッと見ではわからないけれど、たしかにそれはあちらの厨房に
書かれていた文字だった。

「ああ、ドア枠に傷を……」

「うん、でも極力目立たないようにって考えてくれたみたいだよ」

たしかに昨夜――エレンが私たちがこちらの世界に帰るのについてきて、お兄ちゃんと
相談しながら何やらやってたのは知ってたけど、これだったんだね。

文字をこの細かさで刻むって、大変だったろうに……。

私はふっと笑って、お兄ちゃんを振り返った。

「お、お兄ちゃん、何か料理ある？」

「なんでもいいの？」

「なんでもいい。実験だから」

「ちょっと待って」

お兄ちゃんがデザートグラスにプリンを盛ってサッとクリームで飾ってくれる。

「はい」

「ありがとう。……って、これ手作り？」

「そう。僕もちょっと考えてることがあって、その試作」

考えてること？

「それ、いつか教えてもらえる？」

「もちろん、ただあちらの世界の『くまねこ亭』を軌道に乗せたらの話だけど」

「そうなんだ……」

ちょっと先の話なんだね。

「ん、わかった。楽しみにしてるね」

「ああ」

私はプリンとお冷やをトレーに乗せて、厨房を出た。

本来なら、私たちのくまねこ亭の客席に出るはずだけど——目の前には、エレンたちが。

ぐるりと見回すと、そこはまだテーブルも何もないガランとした空間。

「っ……！」

私は大きく目を見開いて、エレンを見た。

「す、すごい！　本当に繋がってる！」

「そうか」

「移動する瞬間も、まったく違和感ないよ。風が吹いたりだとか、変な浮遊感があったり、バランスを崩したりなんてこともない。お料理にも……ほら、見て」

エレンの目の前にトレーを突きつける。

「何も変化がない。すごい！　これならいけるよ！」

「そうか。それはよかった」

「エレン、すごい！　天才っ！」

「当然のことを言うな」

王子さまの可愛くない態度に、だけど笑ってしまう。だってすごいもの！

「こ、これはすごいですねぇ……」

何も持たずに何もない厨房に入ったのに、プリンとお冷やを持って出てきたからだろう。トートさんが信じられないといった様子で呟く。

「本当に、お二人は異世界の方だったんですね……。そして、その出入り口があちらの厨房と繋がった……。はぁ、この目で見るまで信じられませんでしたが……」

「異世界って……本当にあったんだね……。たしかに異世界にかんする法律はあるけど、それは神さまを冒涜してはいけない的なものだと思ってた……」

「存在するとされているけど、誰も見たことがない的な？」

そう言うと、リトくんが「そうです。そうです」と頷く。

「ですが、たしかに納得できる部分もありますね。だからなのかと……」

「内緒にしてくださいね？」

唇に人差し指を当てると、トートさんが「は、はい。それはもちろんです！」と何度も首を縦に振った。

「バレたら、エレンさんだけではなく、イッセイさんもジュリさんもただでは済みませんからね。必ず、秘密は守ります」

すみません。重いものを背負わせてしまって。

「でも、文化の違う世界に住んでるだけで、私たちはトートさんたちと何も変わりません。ずっとおつき合いしてくださると嬉しいです」

ペコッと頭を下げると、トートさんが何を言ってるんだとばかりに笑う。

「こちらこそですよ。お二人が異世界の人間だとて、それで何かが変わったりしませんよ。安心してください。それよりも……私としては、このような大魔法を作り上げてしまったエレンさんのほうが何者なのかと気になるぐらいですよ」

あ、そこは気にしちゃ駄目なヤツ。

「命が惜しかったら、そこは追求しちゃ駄目です」

「おい、人聞きの悪いことを言うな」

その言葉に、エレンがムッと眉を寄せる。

「イッセイとジュリの料理に惚れた、なんの変哲もない大魔法使いだ。気にするな」

……なんの変哲もない大魔法使いって。

「なぁ、厨房スペースに一歩足を踏み入れた途端にジュリちゃんの姿が掻き消えるから、出入り口の前に衝立を置いたほうがいいと思うぞ」

まったく気にする様子も見せず、ディーンさんが言う。

「そうだな。それは見えないほうがいいな」

エレンが頷いて、私を見る。

「向こうに行った時、こっちの声は聞こえたか？」

「聞こえてたよ。もう！　失敗する可能性があるなら教えておいてほしかったよ！」

「失敗したらどうなるという話をしただけで、失敗する可能性など万に一つもあるものか。俺を誰だと思ってるんだ」

「……犯罪者の上位互換」

「……まぁ、それも間違ってはいない」

王子さまで、大魔法使いで、絶対に足がつかない完全犯罪者だもんね。

でも、普通は危険性があったら一言言わない？

「前代未聞の大魔法なんだし、不安はなかったの？」

「不安がある時点で、それは準備不足なんだ」

何を言ってるんだとばかりに、エレンがきっぱりと言う。

私はびっくりして、エレンを見つめた。

「え……？」

「不安の種はすべて事前に検証して、念入りに潰している。お前たちだってそうだろう？

不安要素のある料理を客に出したりはしないはずだ」

「それは……そうだけど……」

でも、私たちの料理は『前代未聞』とか『ほかに類を見ない』ってものではないもの。

あらためて、すごいと思う。

民のことを、そしてこの国の未来を考えて——失われた魔法を復活させたってだけでも、
ものすごいことだと思う。

それは行動力があるだけじゃ無理だもの。

類稀《たぐいまれ》な才能も実力があるうえで、さらに努力に努力を重ねて、やっとできること。

それが今度は、誰も成功したことがない——試みたことすらないかもしれないレベルの
大魔法だよ？

それなのに、不安がなくなるほど準備できるなんて……。

本当に、エレンはすごい。

この国の人は、幸せだ。

民のために
「それより――ジュリ」

「え？　なぁに？」

「それ、食っていいか？」

「え……？」

エレンがトレーを指差す。――え？　ああ、プリンか。

「いいよ、どうぞ」

トレーごと手渡すと同時に、厨房からお兄ちゃんがやってくる。

「はい、お待たせ～」

その手にはバスケットが。

お兄ちゃんは店内をぐるりと見回すと、うんうんと頷いた。

「いいじゃん。大きさもばっちりだね。僕自身がお客さんの反応を直《じか》に見れないのだけが少し残念だけど」

「あれ？　お兄ちゃん、ここはじめて？　昨日の営業終わり、エレンといろいろやってたみたいだから、てっきりすでに見てたのかと……」

「いろいろやってたのは、くまねこ亭での作業だよ。こっちは初《はつ》」

お兄ちゃんはそう言うと、全員に使い捨てのおしぼりを手渡した。

「じゃあ、まず手を拭いて。綺麗にしたら――これね」

「おおっ！」

「わぁっ！　綺麗！」

続いて差し出したのは、大きめのプリンカップぐらいのクリアなメラミン食器に入った色鮮やかな料理。

「みんなに味見をしてほしくて、持ってきた。できればこれを、来週の『くまねこ亭』の情報解禁時に合わせて披露したくて。意見を聞かせてくれると嬉しい」

「来週？」

私は眉をひそめた。

メニューにかんしては私とお兄ちゃんで決めたものだけど、来週？　時期については、今はじめて聞いたんだけど。

「うん、次の土曜日から、『くまねこ亭』について宣伝をはじめようって話になってね」

「え？　いつ？　私、聞いてないんだけど」

ぷくっと頬を膨らませると、お兄ちゃんとエレンが目を丸くして――それから苦笑する。

「ごめんごめん、怒るなよ。昨日の夜の話だったんだ」

「ガキか、お前は……」

だって！　私たちの夢なのに！

ぶすーっとしている私の横で、ディーンさんが戸惑いがちに料理を見る。

「エレンたちはともかく、俺もか？　俺ぁ料理のことは何もわからねぇぞ？」

「うん。だからこそ、ディーンさんの意見は一番お客さまが抱く感想に近いと思ってる。

だって、お客さまの大半は料理のことはわからない人だろ？」

そうだよね。今のところ、マルティネスに来てくださるお客さまはその九割以上が働く
男の人だもの。

「だから、食べてほしい」

「それなら……いただく。学もねぇから、大したことは言ってやれねぇが」

「それで充分だよ。ありがとう」

お兄ちゃんが笑って――私たちはしばし味見タイム。

私は慣れ親しんだお兄ちゃんの味を堪能しつつ、皆を見回した。

「みんな、この一か月半、どうだった？」

「楽しかったですよ。週の二日は尋常じゃなく忙しかったですが、いろいろ勉強もさせて
いただきましたし。私はやはり、初日のカツカレーが印象的でしたねぇ」

トートさんが私を見て、にっこりと笑う。

「私はあれでスパイスの使い方を覚えまして、通常の食堂としての営業時のメニューにも応用しているんですよ」

「ボクは和食が衝撃的だったな。とくに肉うどん！　美味しかった！」

リトくんがパアッと顔を輝かせる。

「週に二日、料理の勉強がてらお手伝いをさせてもらえて、すごく嬉しかったし、すごく楽しかった！　イッセイさん、ありがとう！　ボク、これからも頑張るからね！」

「うん。リトは筋がいいから、頑張ればすごい料理人になれるよ」

そして、ディーンさんが軽く頭を下げる。

「クロエのことは、本当に助かった。おかげで、なんとかやれている。俺が二度も大切な気づきを与えたなんてまだ信じられねぇが……二人のことは応援してるし、上手くいってほしいとも思ってる」

「ディーンさんの印象的なメニューはなんでした？」

「チキン南蛮《なんばん》だな。プリプリでジューシーな鶏がたまんねぇ。チキンカツもよかったけど、やっぱり一番はチキン南蛮だ」

「わかる！　ボクもあれ好き！　タルタルソースがたまらないよね！　パンに挟んだのも好きだった！」

「ああ、マカナイのほうのだろ？　俺もだ！」

ディーンさんたちが笑い合う。

「っていうか、今はこの料理の感想だったよね？　ボク、大好き！　美味しい！」

「いろいろな味の集合体って感じですな。今まで食べたことがない味です。新しいです。鮮烈な驚きとなるでしょう」

「そう、食ったことない味だった。でも、すんなり受け入れられたぜ。新しいながらも、わりと万人受けもするんじゃないか？　少なくとも、俺ぁ好きだね」

ああ、美味しいものを語る時の人の顔って、どうしてこうも幸せそうなんだろう。

見ているだけで、こちらまで幸せになってしまう。

「エレンは？」

「美味いな。俺も好きだ。宣伝用メニューとしては、これ以上はないように思うな」

金色の双眸が、私を映す。

「そして、この一か月半は夢のようだった。お前たちのおかげだ。——礼を言う」

「また、俺の夢につき合ってくれて……なんて言うつもり？」

「……いや」

エレンは首を横に振って、不敵に微笑んだ。

「俺たちの夢だ。このままともに駆け抜けるぞ」

「うん……！」

来週、マルティネスで宣伝開始。

その翌々週に——ついにこの世界でも『くまねこ亭』がオープンする。

「いよいよだね！」

エレンと私、そしてお兄ちゃんが手を重ね合う。

はじめよう！　私たちの夢の第一章！

◇＊◇

「いらっしゃいませ！」

青空に、私の声が響く。

お客さまが、サンプルを見て目を輝かせる。

曲げわっぱ風のプラスチック容器に入ったちらし寿司。

「おお！　綺麗だな！」

炊いたにんじん、干ししいたけ、レンコン、タケノコ、油揚げなどの具材を混ぜ込んだ酢飯《すめし》の上に黄色が鮮やかな錦糸卵を敷き詰めて、塩茹でした絹サヤ、蒸した海老、パッと花咲くように包丁を入れてから湯通ししたイカ、焼いた鮭の身、カニカマ、煮アナゴなど色とりどりの具材がカラフルに盛りつけられている。

「三つね！」

「ありがとうございます！　三つ以上はお値段割引となりまして、銀貨十枚です！」

私は商品を三つと宣伝用のチラシをビニール袋に入れて、お客さまに差し出した。

「横に倒したり、ひっくり返したりしないように、気をつけてお持ち帰りくださいませ」

「おお、ありがとう！」

お客さまが不思議そうに——だけどワクワクが止まらないといった様子で受け取って、大事そうに抱えて帰ってゆく。

うん、不思議だよね。ここにはビニール袋なんてないもんね。

もちろん、袋だけじゃない。テイクアウト用のプラスチック容器もはじめてだし、光沢《こうたく》のある紙も、鮮やかな印刷も、全部が不思議なはず。

でも——それでいい。

「あれ？　今日はここで食べられないの？」

「商品はこちらで受け取っていただきますが、そのあと店内で食べることもできますよ。でも、せっかくいい天気ですから、風を感じられる場所で食べるとより美味しいですよ」

そう説明した時、向こうから待機列整理のディーンさんの声がする。

「今日は、オベントウスタイルでの提供です！　持ち運びできる食事を『オベントウ』と言います！」

列の後ろの人たちにも見えるように宣伝用のプラカードを高く掲げ、さらに叫ぶ。

「今日はオベントウスタイルでの提供です！　メニューは『チラシ寿司』！」

私はお客さまを見つめたまま、にっこりと笑った。

「もちろん、外じゃなくてお家で食べることもできますよ。ご家族の分も買って帰って、一緒に食べるのはどうですか？」

「あ、いいね！　珍しいし、きっと喜ぶ。じゃあ、俺も三つ！」

「はい、ありがとうございます！」

お金を受け取って、商品を手渡す。

「十九時までにはおめしあがりくださいね！」

こちらの人たちは生魚に慣れていないし、衛生面も考慮して生ものは一切使っていない。すべてにきちんと火を通している。

そのうえで気候もいい。麗《うら》らかな春の陽気。湿気もほとんどなく、カラッと晴れている。

いつものように消毒を徹底しているけれど、そもそも『お弁当』になじみがない人たちだ。注意事項はしっかり伝える。

横に倒したり、ひっくり返したりしないように持ち帰ること。

今すぐ食べない場合は、日光が当たらない涼しいところで保管すること。

そして、必ず夕方までには食べ切ること。

「これは不思議だな。見たことがない」

お客さまが、サンプルの容器を指でつつく。

「メニューもはじめて聞く。チラシズシ？　まぁ、週二日のアンタたち兄妹の営業時は、知ってるメニューが出てきたことなんかないんだが……」

私はふふふと笑って、大きく頷いた。

「その私たち兄妹のお店がついにできるんです。詳細はこちらの紙に書いてありますので、読んでいただけると嬉しいです」

そう言ってカードを差し出すと、お客さまが目を丸くする。

「これもまた珍しいな……」

「ええ、『不思議』と『新しい』が満載のお店になりますよ！」

「じゃ、じゃあさ、マルティネスでの営業はやめちまうのかい？」

次のお客さまが身を乗り出して尋ねてくる。直後に、会話が聞こえていたのか、数人が「ああ、俺もそれ心配だった」「やめてほしくねぇんだが」と声を上げる。

「いいえ、私たちは監修という形になりますが、続けますよ」

「あ、そうか……。よかった……」

「ただ、私たち兄妹のお店は、マルティネスでは出てこないメニューも盛りだくさんです。これもその一つです。お気に召しましたら、ぜひ足をお運びくださいね！」

「じゃあ、俺は三つ！」

「俺は四つで！」

「俺は二つ！」

「はい、かしこまりました！」

正《まさ》しく、『飛ぶように売れてゆく』といった感じだ。

どれだけ忙しくても、注意事項はしっかり伝えて、お弁当を手渡す。

「ジュリさん、市場でのチラシ配り終わったよ！　言われたとおり、ちゃんと女性中心に配ったよ！　パン屋とかにもチラシ置いてもらえた！」

リトくんがバタバタと戻ってくる。

「あ、ありがとう！」

今までの営業で口コミが広がったのは、働く男の人たちの間。客層も九割以上がそう。

だから、家で料理を作るお母さんたちの間でももっと知ってもらわないとということで、お母さんたちが食材を買いに行く市場でチラシ配りをしてもらったのだ。

「じゃあリトくん、販売手伝って！　あと、お兄ちゃんに追加早めにって伝えて！」

「はい！　手を洗ってくるね！」

リトくんが頷いて、店に駆け込んでゆく。

「ジュリちゃん！　俺は四つね！」

初日から欠かさず通ってくださっている刃物職人さんが、私を見下ろしてニカッと笑う。

「持ち帰れるっていいな！　ようやくかぁちゃんにも食わせてやれらぁ！」

「いつものと少し趣《おもむき》が違いますけどね。これは新店用のメニューなんで」

「よかったら、いつものメニューでもオベントウやってくれや」

「あ、いいですね。検討しておきます」

私は笑顔で頷いて、刃物職人さんに商品を手渡した。

もちろん、注意事項を伝えることも忘れない。

「樹梨！　百食追加！　中にできてる。すぐ運んでいいか？」

お兄ちゃんが店内から顔を出す。

「うん！　リトくんにお願いして！　表に出してくれる？」

「列は⁉」

「どんどん！」

いつもは十七時からの営業だ。でも、先着順で売り切れ次第終了ということもあって、待機列はだいたい十四時前ぐらいからできる。

今日はその十四時から販売しているのだけど、明確な制限を設《もう》けていないこともあって噂が噂を呼んで待機列はどんどん長くなっている印象だ。

「店内に、あと三十食。米がなくなったから、エレンと行って炊いてくる！」

「戻りは？」

「一時間！」

それだけ言って、お兄ちゃんが引っ込む。

米を炊いてくる——それは一度私たちの世界に戻ってという意味。だから『エレンと』。

こちらとあちらの世界の橋渡しができるのは、彼だけだから。

日本のお米を一度に一気に炊くのは、キッチンストーブでは難しい。そこはやっぱり、炊飯器じゃないと。そしてもちろん、炊飯器はこちらの世界では使えないから、向こうに行くしかない。

「一時間で百三十食……」

この分だと、ギリギリだ。足りなくなるかも。

でも、反応は上々！

「っ……！」

ワクワクする。

ドキドキする。

お兄ちゃんの料理が、私たちの新しい店が——私たちが作り上げる『美味しい』という『幸せ』が人々に浸透してゆく。

そのたしかな手ごたえが、ここにある。

「ジュリちゃん！　すげぇ美味かった！　なんだい？　あれは！　不思議で、新しくて、最高に美味かったよ！」

店内で食べていたガラス職人のお兄さんが出て来て、私の肩をポーンと叩く。

「ライスははじめて見るタイプだったな。粒が細かいのにしゃっきり立っていて、食感はモチモチ！　混ぜ込んだ具は甘いのに、ライスは酸味があってすごくさっぱりしてた！　混ぜ込んである具の食感もいろいろで、モチモチのライスと一緒に食べると楽しかった。モチモチ、シャキシャキ、フワフワ、ジュワ～ッって甘い汁が広がるのもあって！」

「っ……」

ガラス職人さんの食レポに、並んでいる人たちがゴクリと生唾を呑む。

「細切り玉子はほんのり甘くて、ふんわりと柔らかくて……上に乗ってる具はカラフルで美しい！　そして、その具によって味がまたいろいろ変わるんだ！　いやぁ、すげぇな！　チラシズシって。一つの料理なのに、味が一つじゃねぇんだよ！　食《く》うところによって、いろんな味が楽しめるんだ！　夢中で、一気に食っちまったよ！」

「あ、ありがとうございます！」

「ありがとうはこっちのセリフだよ！　また来る！」

そう言って、カードを振った！

「こっちもな！　絶対に行く！　行けるように、頑張るわ！」

その言葉に、輝かんばかりの笑顔に、胸が熱くなる。

『美味しい』という『幸せ』をみなさまに届けられる。

『美味しい』という『幸せ』をみなさまと共有できる。

これ以上の幸福があるだろうか。

「っ……！」

やだ、涙が出ちゃいそう。

しっかりして、私！　感激するのはいいけれど、泣いてる暇なんかないよ！

一人でも多くのお客さまに、この『幸せ』を届けなきゃ！

「ジュリちゃん、三つね！」

「俺は二つ！」

次々飛んでくる注文に、私は最高の笑顔で答えた。

「はい！　かしこまりました！」


結局、その日は十四時から十八時までの四時間で、九三〇個を売り上げた。

営業終了とともに、私たちは全員マルティネスの休憩室で床やソファーに倒れ込んで、我先にと惰眠《だみん》を貪《むさぼ》った。

一番大変だったのは、実はエレン。

ここは、向こうの世界とつながってる新店舗じゃないから、何かが足りなくなるたびにお兄ちゃんを移動させなきゃいけない。

実は、一日一往復でもかなりの魔力を消費するらしく、それを今日は三回、四回……。

トートさんによると、途中で体調を崩してめちゃくちゃ吐いていたらしい。

それでも、一度も弱音を口にしなかった。

それは、リトくんやトートさんも同じだ。

ディーンさんは衛兵だから鍛えているけれど、トートさんもリトくんもあんな忙しさは経験したことがなかったはずだ。この一か月半の営業でも今日ほど忙しい日はなかったし、慣れているはずの私とお兄ちゃんですら、言葉が出ないほどだったから。

私たち全員、食事をとることすらできないほど疲れていたけれど、心は満たされていた。

『幸せ』を噛み締めながら、泥のように眠った。

◇＊◇

「おかえりなさい」

店内に入ってきたお兄ちゃんに駆け寄る。

「マルティネスどうだった？　今日のメニューは、ごろごろ牛すじ肉のカレーだよね？」

「うん、問題なかった。トートさん、本当に料理の腕が格段に上がったよ」

今日は、この世界での『くまねこ亭』のオープン日。

ということは——もちろん、マルティネスでの営業はトートさんとリトくんが担当する。

マルティネスでは、まだ料理は先着順で売り切れ次第終了。調理の大半は営業時間前に終えるスタイルだから大丈夫だと思うけど……でも心配は心配だよね。

「もう少ししたら、マルティネスでの営業で僕がやることはメニュー決めと味見だけになりそうだよ。今日も、僕は指示だけだったしね。ほとんどトートさんが作ったよ」

「え？　すごい……！」

「そうなったら、リトはアシスタントで厨房に入ったほうがいいと思う」

「え？　でも、調理は営業前に大半が終わってるから、トートさん一人でも……」

「いや、リトを接客にしておくのはもったいないよ。リトが厨房に入れば、できることはもっと広がるよ。注文後の作業が多いメニューもいけるようになるだろうし、メニューを増やすことだってできる」

「あ、そっか」

「早めに接客担当で誰か雇って、樹梨が教育したほうがいいかもしれないな」

「じゃあ、営業終わりでみんなで賄いを食べる時に相談してみよう」

お兄ちゃんは頷きながら厨房に入ろうとして——ふとこちらを振り返った。

「あ、ディーンさんから伝言。今後、待機列整理が必要そうだと思ったら言ってくれって。部下を向かわせるようにするってさ」

「どうだろう？　『くまねこ亭』は相場よりかなり高いからなぁ。マルティネスのように大行列ができることはないんじゃない？」

「その分、中流階級や上流階級のお客が来るかもしれないじゃないかって言ってた」

「あ、そっか。その可能性があるのか」

そっか。あんまりそっちは考えてなかったな。

上流階級の人ほど、家に専属の料理人を抱えているものだってエレンは言ってたし。

でも……そうか。話題になれば、そういう可能性もあるんだ……。

「ま、出たとこ勝負だよね」

「そうだね」

「いざとなったらエレンがいるし」

私がそう言うと、魔法陣のチェックをしていたエレンがこちらを見て眉を寄せる。

「そういう期待はするなよ？　基本的に、俺は店には出ない。客層が上流階級になるならなおさらだ。俺の顔を知ってる者がいるかもしれん」

「あ、そっか」

お兄ちゃんが何もない厨房に入ってゆく。

すると、その姿が一瞬にして掻き消える。

エレンがそれを確認し、出入り口の前に木の衝立を置く。

客席は、漆喰の塗り壁に味わいのある廃材の床。木の温もりが感じられるナチュラル・カントリーな内装。

カウンター席が十席、二人掛けのテーブル席が八つ並んでいる。

外観は漆喰の壁に赤い屋根。こちらの言葉で『くまねこ亭』と書かれた看板。

マルティネスでの金銭感覚のままで入店して、あとからトラブルとなるのを防ぐため、ドアの横にはメニューの一部を書いたプレートが下がっている。

「さて、いよいよだね」

掃除は行き届いてる。お冷やの準備もOK。テーブルセッティングも完璧。

私は深呼吸を一つして、こちらにやってきたエレンを見上げた。

「エレン、ありがとう」

「は？　なんだ、急に」

「おかしい？　だってエレンが私を召喚してくれたからこそだよ？　こんな楽しいことができてるのって」

すべては、そこからはじまった。

民のために、国のために、この王子さまが禁忌を犯したからこそ。

まったく違う世界で飲食店をやれるなんて、思ってもみなかった。

それが、どれほど楽しいかわかる？

トートさんやリトくん、ディーンさん、クロエさんと出逢えたのだってそう。

みんな、もう私にとってかけがえのない人たちだよ。

「ありがとう」

「……お前は本当に……」

にっこり笑ってそう言うと、エレンが参ったとばかりに苦笑する。

「ジュリ、嫁に来い」

「へ……？」

え？　よ、嫁!?　嫁って……？

思いがけない言葉に目を丸くした瞬間、厨房からお兄ちゃんが出てくる。

「駄目！」

エレンをにらみつけてぴしゃりと言って、また引っ込む。

ポカンとしていると、エレンが小さく舌打ちして「小舅《こじゅうと》が……」と呟く。えっ……？

ええっ!?

「え、エレン……今のって……」

呆然と呟いた――その瞬間、カランコロンとドアベルが鳴る。

私はハッとして、お店のドアへと視線を向けた。

「いらっしゃいませ！」

入ってきたのは、マルティネスでの営業皆勤賞だった、包丁職人さん。

今日は、奥さんと子供さんと一緒だ。

二人用席テーブルをくっつけて四人席を作り、そちらに案内する。

「来てくださって嬉しいです！　……ええと、こんなこと言うのは失礼かもしれませんが、大丈夫ですか？　マルティネスよりかなりお高いですけど……」

「今日は奮発だ。なにせ、ジュリちゃんたちの店のオープンだからな」

気を悪くする様子もなく、包丁職人さんが笑う。

「それに、今日はかぁちゃんの誕生日なんだよ。普段、苦労ばっかりかけてっからなぁ、今日ぐらいは贅沢させてやりたくてよ」

「あ、そうなんですね！　記念日に当店を選んでいただき、ありがとうございます！」

お冷やを出して、メニューをお渡しする。

「わからないことがあったら、訊いてくださいませ」

そう言って頭を下げると同時に、さらにドアベルの音。

続々とお客さまが入ってくる。

「っ……いらっしゃいませ！」

笑顔があふれる。

幸せに満たされる。

『くまねこ亭』異世界店とともに、私たちの夢がはじまる――。

おわり

コスミック文庫 α

日帰《ひがえ》り異世界《いせかい》、
『くまねこ亭《てい》』にようこそ！

2021年7月1日　初版発行

【著者】　烏丸《からすま》紫明《しめい》
【発行人】　杉原葉子
【発行】　株式会社コスミック出版
〒154-0002　東京都世田谷区下馬 6-15-4
【お問い合わせ】　一営業部一　TEL 03(5432)7084　FAX 03(5432)7088
一編集部一　TEL 03(5432)7086　FAX 03(5432)7090
【ホームページ】　http://www.cosmicpub.com/
【振替口座】　00110-8-611382
【印刷／製本】　中央精版印刷株式会社

ISBN978-4-7747-6300-2 C0193